AF602200

LA FIN DE L'ART

LES CAHIERS DE PARIS

dirigés par Claude Aveline et Joseph Place.

PREMIÈRE SÉRIE, 1925. CAHIER VIII.

LE TIRAGE DE CHAQUE CAHIER EST LIMITÉ A 1.500 EXEMPLAIRES NUMÉROTÉS, SAVOIR : 50 EXEMPLAIRES, N°s 1 A 50, SUR VERGÉ D'ARCHES ; 1.425 EXEMPLAIRES, N°s 51 A 1475, SUR VÉLIN D'ALFA DES PAPETERIES LAFUMA ; 25 EXEMPLAIRES, N°s 1476 A 1500, SUR PAPIER DE MADAGASCAR (CES DERNIERS SOUSCRITS PAR LES MÉDECINS BIBLIOPHILES ET LES BIBLIOPHILES DU PALAIS).

EXEMPLAIRE N° 1200

REMY DE GOURMONT

LA FIN DE L'ART

LES CAHIERS DE PARIS
43, rue Madame (6e)
PARIS
1925

LA FIN DE L'ART

Il y a, dans le dernier livre de M. Ferrero, qui est un long dialogue philosophique à la manière de Renan, un assez curieux personnage, sorte de Caliban en qui se concentre l'essence du béotisme moderne ou encore du futurisme moderne, ce qui est bien près d'être la même chose. C'est l'homme pour qui les choses de l'esprit, du sentiment, de l'art n'existent plus, qui méprise tout ce qui ne se traduit pas en résultats tangibles et mesurables. L'art surtout l'exaspère. Il lui reproche, le croirait-on ? de ne pas avoir de valeur raisonnable, objective, car ce futuriste use du jargon ancien. Qu'est-ce qu'une tragédie grecque ou une pièce de Shakespeare, un portrait du Titien, une statue de Rodin, des choses qui passionnent les uns, quelques-uns, laissent tous les autres indifférents? Appellera-t-on cela des valeurs sérieuses? Tandis qu'une mine d'or, une ligne de chemin de fer, une usine d'irrigation travaillent, produisent pour l'humanité tout entière qui a besoin d'or, besoin de transports, besoin du blé que produit la terre fécondée. Cet individu est italien. C'est peut-être lui qui a proposé de combler les canaux de Venise et de n'y maintenir que l'humidité nécessaire à l'établissement de rizières; lui qui médita d'installer dans le palais des doges une fabrique de chaussures. Ils se rattrapent, les Italiens qui ont croupi si longtemps dans l'art. Que de temps perdu! Agglomérés en nation, ils rougissent de leur niaiserie passée et ne supportent même plus qu'on s'intéresse aux bagatelles que, dans des heures d'égarement. ils ont entassées dans leurs musées. Y a-t-il dans cet état d'esprit autre chose qu'une gageure ou bien serait-ce un avant-goût des temps futurs? Qui sait? Tout ce qui a commencé doit avoir une fin et on doit prévoir celle de l'art, comme celles de toutes choses. Reste à savoir si l'humanité lui survivrait.

UN MONUMENT

Je lisais hier dans un journal l'énumération plaisante des objections du conseil municipal et de ses électeurs contre le monument de Beethoven par M. de Charmoy. Il fut destiné d'abord à la place du Trocadéro où il effara les marchands d'absinthe qui disaient : « Nos clients ne pourront jamais supporter cela ; ce n'est ni apéritif ni digestif ». Puis on pensa au Ranelagh, mais pas longtemps, car ce fut la crainte d'épouvanter les enfants et leurs nourrices : si ce monsieur allait prendre de travers les ballons égarés ! Il n'a pas l'air commode. Il faudrait du souriant ou du confortable. Ce Beethoven est bien rébarbatif. Le dernier projet le transporte au bois de Vincennes et jusqu'ici il n'a pas rencontré d'objection.

On ne s'est pas encore avisé qu'il pourrait faire peur aux grenouilles ou effarer les lapins. Tout cela, c'est des prétextes, dont quelques-uns sont amusants. La vérité est que le monument est gênant par son grandiose même. Il écrase tout. Il faudrait une jolie chose et M. de Charmoy n'a pas pensé à faire du joli. Il cultive plutôt le sévère et le pathétique. Mais c'est pour cela même que ce monument-épouvantail symbolise si bien Beethoven et son œuvre dont il semble une transposition plastique. Beethoven aimait à composer ses symphonies au milieu de la nature dont il percevait encore le rythme quand il n'entendait plus ses bruits. Qu'on le mette dans un coin solitaire du bois de Vincennes. Il l'emplira tout entier de sa majesté et l'air en résonnera sous les arbres. Il n'y a peut-être qu'avec eux qu'il pourra s'accommoder et plus ils seront grands et plus ils seront riches, plus il se sentira dans un milieu favorable à son génie. Que M. de Charmoy se dise que peu de monuments soutiendraient un tel voisinage.

LES STATUES

On sait combien sont ridicules la plupart des statues de Paris, où il y en a beaucoup. Mais, à défaut de ridicule, elles auraient encore contre elles leur nombre et surtout leur médiocrité. Cette médiocrité est telle qu'au lieu de rendre sympathiques les personnages statufiés, elle les fait prendre en mépris. Il faut bien s'en prendre à quelqu'un. Les statuaires sont inconnus, surtout de la foule : c'est sur Chappe ou sur Étienne Dolet que retombe la mésestime, ce qui n'est pas juste. Mais ce n'est pas à ce point de vue, qui est celui de l'esthétique, que s'est placé un journal en soumettant à ses lecteurs ce problème : Si on ne devait garder à Paris que vingt statues, lesquelles choisiriez-vous ? La question fut donc celle du mérite des statufiés. Je sais bien que l'opinion des lecteurs bourgeois d'un journal n'est pas l'opinion publique, mais seulement l'opinion moyenne. Elle fut assez saine, mais témoigna encore de bien des préjugés. Trois ou quatre de ces choix ne vous paraissent-ils pas singuliers : Parmentier, Dumas père, La Fayette, Denis Papin ? Décidément la pomme de terre a porté bonheur à cet honorable apothicaire. S'il l'avait vraiment découverte, il faudrait sans doute lui élever une statue en or, mais ce n'est pas le cas. Il la préconisa bien, mais seulement, le malheureux, comme fort propre à faire du pain ! Il en voulut aussi à la châtaigne, qu'il vouait au même usage. Parmentier est une invention de François de Neufchâteau dont Rivarol disait que sa poésie était une prose à laquelle les vers s'étaient mis. On voit à la suite du préjugé Parmentier le préjugé Alexandre Dumas. Passons. Je le retrouverai bien quelque jour. La Fayette est donc encore célèbre ? Encore un préjugé, bien peu explicable. Quant à Denis Papin, personne ne sut jamais quelle était son invention. Sa gloire est à mettre à côté de celle de Salomon de Caus, personnage à peu près fictif. Mais il est peut-être bon que le peuple distribue la gloire à tort et à travers. Cela en montre mieux le néant.

L'OBÉLISQUE

Voici un petit fait qui intéresse l'histoire monumentale de Paris. Il ne doit pas être ignoré des érudits, mais mon excuse pour le rapporter est que je ne le connaissais pas et que la plupart des lecteurs ne sont pas sans doute plus avancés que je ne l'étais hier. Quand on transporta l'obélisque d'Égypte à Paris, il était complet, c'est-à-dire qu'il comportait, non seulement l'aiguille, mais un soubassement ou piédestal qui lui donne toute sa signification. C'était un monolithe où sont, sur deux des côtés, sculptées en haut-relief, quatre figures de cynocéphale, d'une simplicité et d'une hardiesse admirables. Ce piédestal, déterré avec l'obélisque proprement dit, fut embarqué avec lui jusqu'à Alexandrie où on l'oublia, sans doute volontairement, et où il est peut-être encore. Il ne faut donc pas nous vanter de posséder un obélisque complet. Nous n'en avons qu'un morceau et pas sans doute le plus intéressant. D'après la revue ancienne où j'ai trouvé cette histoire, on aurait prétendu qu'il n'y avait pas de place sur le bateau, et il est probable que les chefs de l'expédition ne se vantèrent pas tout d'abord de leur négligence, ou bien s'empressa-t-on, pour la couvrir, de commander, en granit du pays, l'insignifiant soubassement qui remplace le morceau original. C'est dommage, car d'après la gravure assez imparfaite que je connais, les originales figures délaissées auraient pu, exposées à la vue de tous, avoir une certaine influence sur la mauvaise sculpture romantique. Mais cela se passait en 1833. Qui songeait alors à prendre pour de l'art la statuaire égyptienne ? Il nous a fallu presque cent ans pour commencer à faire semblant de la comprendre.

L'ARCHITECTURE

La saison a été bonne pour l'architecture. On a découvert dans les provinces les moins connues toutes sortes de merveilles de pierre. Mais cela fait penser à tout ce qui fut détruit au cours des cent dernières années et dont il ne reste parfois qu'une médiocre gravure, dont il ne reste parfois rien qu'une ancienne description, moins encore, qu'une mention dédaigneuse. On a beaucoup détruit dans les campagnes, dans les villes de province. J'ai indiqué ici * quelques-uns des ravages subits par des villes comme Rouen, jadis si riche en pierres sculptées, si riche qu'il en reste encore beaucoup, le revirement du goût n'ayant pas laissé aux vandales le temps d'achever leur œuvre de nivellement. Mais à Paris, l'œuvre a été achevée. Je voudrais qu'on établît un album

* Ces réflexions ont paru dans le journal *La France*, sous le titre *Les Idées du jour*.

qui montrerait ce qu'était Paris, non pas dans les siècles lointains, mais seulement de 1820 à 1830, à la naissance du romantisme. Il serait gros, s'il devait être complet, mais qu'il serait triste! Ce qu'on a démoli de merveilles sous Louis-Philippe et surtout sous Napoléon III est presque inimaginable et je n'ai pas la prétention d'en donner une idée en quelques lignes. A chaque pas, dans les quartiers un peu anciens, s'élevait une maison sculptée ; le boulevard Sébastopol et les nouvelles rues voisines ont arraché de vieux hôtels dont plus d'un rappelait celui de Jacques Cœur, à Bourges. On avait alors, dans les milieux officiels, si peu de considération pour ce qu'on appelait des antiquailles que presque personne ne se montra ému de tant de vandalisme. Comme telles grandes villes, anciennement riches, Paris, qui n'avait pas encore été remanié, était encore en 1830 un véritable musée de pierre. Ce qui en subsistait encore trente ans plus tard fut balayé par Haussmann. Mais il faudrait des images pour faire sentir ce que nous avons perdu. Ce serait à pleurer.

Je pense à ceux qui n'ont pas pour la symétrie le respect moderne.

LA PIPE

On a trouvé dans des tombeaux romains, celtiques, barbares des pipes en bronze, en fer, en terre et toutes semblables aux nôtres, à celles d'un sou. A quoi donc servaient-elles ? Mais à fumer probablement. Du tabac ? Peut-être. Le tabac est une plante indigène en Chine et les produits de la Chine ont de toute antiquité passé en Occident. De l'opium ? Peut-être encore. Les Romains connaissaient l'opium. Dans son poème de *La Médecine*, Marcellus Empiricus cite l'opium parmi soixante ou quatre-vingts produits aromatiques de l'Orient. Mais la pipe servait sûrement aux anciens à fumer différentes herbes, telles que la menthe, la sauge et surtout la lavande. Sur une des pipes antiques trouvées à Valence, on a gravé une plante où l'on reconnaît la lavande, et précisément un poète de Valence a chanté au XIIIe siècle l'art de fumer la lavande, « laquelle chasse le sommeil et procure de l'énergie et de la vigueur, en purgeant l'humidité du cerveau ». Cette pipe à lavande, trouvée à Valence, semble taillée dans ce que nous appelons si singulièrement l'écume de mer. C'est M. Pitollet qui a rassemblé ces détails et quantité d'autres dans un bien curieux article de l'*Intermédiaire*. Donc on a fumé de tout temps, on fumait au moyen âge, et quand le tabac d'Amérique parvint en Europe, les pipes étaient toutes prêtes à le recevoir ; elles l'attendaient. A vrai dire, on ne trouve pas d'allusions à cette coutume dans les auteurs classiques, mais c'est peut-être qu'hypnotisés par l'origine américaine de la fumerie, les érudits ne les ont pas comprises. Ainsi le brigand Cacus vomissant, nous dit Virgile, du feu et de la fumée, représenterait un homme qui fume une grosse pipe dans l'obscurité ! Mais d'ailleurs Pline et d'autres parlent de fumées aromatiques aspirées avec des roseaux. Pratique médicale, sans doute, mais le tabac a commencé ainsi. Il avait des vertus. Il n'a plus que des vices, heureusement.

TRANSMUTATION

Les derniers alchimistes sont très fiers parce que la chimie moderne a repris quelques-uns de leurs thèmes, par exemple celui de la transmutation des métaux ; il y a beaucoup de différence entre les deux séries de recherches, mais il y a aussi une ressemblance, c'est qu'elles sont très capables, aujourd'hui comme hier, de ruiner leurs adeptes. La pierre philosophale a toujours coûté extrêmement cher à ceux qui la voulaient trouver de bonne foi. En retour, elle enrichit assez sûrement les charlatans qui avaient eu la fortune de mettre la main sur un solide imbécile. C'est au dix-huitième siècle qu'ils foisonnèrent surtout. Casanova, qui avait des recettes pour toutes choses, en avait aussi pour la transmutation, et elles variaient suivant le degré de naïveté des gens. On se rappelle avec quelle habileté il opéra, à Torre del Greco, l' « accroissement » d'une fiole de mercure en l'amalgamant tout simplement avec du bismuth. Il était très fier de son œuvre. C'était le premier argent qu'il gagnait. Son contemporain et son ennemi, Saint-Germain, qui, comme lui, fit deux ou trois fois fortune, ce qui indique qu'il se ruina autant de fois, se vantait non seulement de transmuer l'argent en or, mais de fondre en une seule pierre magnifique les petits diamants qu'on lui confiait. C'est un aventurier plus sombre et plus ingénieux encore que Casanova. Il semble avoir eu une fin assez malheureuse. Il était beaucoup plus extravagant et exigeait beaucoup plus de crédulité. A ceux-là l'alchimie et la cabale furent de vraies mines d'or ; mais combien d'autres, au lieu de trouver la fortune au fond de leurs cornues et de leurs combinaisons, n'y trouvèrent que la misère. Mais quelle bêtise de vouloir transmuer le plomb en or ! Et après ? L'or, étant commun, perd toute valeur. Cela a un intérêt comme opération chimique, mais pas plus que celle qui transformerait l'or en plomb.

CINÉMA

Le hasard m'a mené hier dans un cinéma. Je m'étais pourtant bien promis de ne pas m'y laisser reprendre. En peu d'années, ce spectacle est devenu d'une telle platitude, d'une telle bêtise, qu'on se sent vraiment humilié de faire partie, même pour un temps très court,du troupeau qui s'y délecte. Il y a certains films fabriqués en Italie, où se déroule, dans l'anecdote la plus inane, la sentimentalité la plus basse, qui semblent conçus pour récréer un peuple d'acéphales. On me dit que nous sommes mal tombés, que c'est une série choisie pour les enfants, qu'ordinairement il y a certains tableaux attachants ou curieux. J'en doute. Le cinéma, de plus en plus, est envahi par la mauvaise pantomime, le quiproquo facile, le truc vulgaire. Quelle déchéance ! Les premiers spectacles cinématographiques m'avaient plu et même enchanté, mais alors l'élément théâtre y faisait encore presque défaut. On donnait des vues de la nature, des grandes industries, des mœurs lointaines. Maintenant, c'est l'anecdote, une anecdote de morale en action, imaginée par des imbéciles et traduite par des acteurs sans talent ou d'un talent tout mécanique. Parmi toutes ces histoires turpides, on avait glissé tout de même la vue d'un paysage de Normandie, mais les feuilles des arbres remuaient tellement vite que c'en était absurde. De plus, cela se déroulait sur des airs de quadrille grivois, car il est convenu pour le peuple que la Normandie est un pays où on trépigne en buvant du cidre qui mousse. Ce qui est parfaitement idiot, car la danse y est quasi inconnue. Évidemment, je suis de mauvaise humeur et le cinéma n'est peut-être pas tombé partout aussi bas que je viens de le voir. Pourtant, je le crois sur une mauvaise pente.

LES MOMIES

On vient de découvrir que la plupart des momies étaient fausses. Cela n'est pas très nouveau. Déjà au XVIIIe siècle toutes les momies venaient d'Alger où elles étaient fabriquées par d'astucieux médecins musulmans. En ce temps-là, la pharmacopée en faisait une grande consommation et il n'était pas un apothicaire qui n'eût un de ses bocaux étiqueté « poudre de momie ». Pauvres malades ! Je ne sais plus pour quel mal on leur administrait cette drogue infâme, mais il est certain que nos ancêtres l'absorbaient volontiers. Il n'y a pas très longtemps qu'elle a disparu du formulaire où figurent un tas de choses singulières, mais non répugnantes, telles que la corne de cerf. La momie servait aussi à fabriquer pour les peintres un beau noir qui, paraît-il, n'aurait pas été remplacé, ce qui n'a plus d'importance, toute la peinture étant désormais couleur jus d'herbe et sirop de groseille. Les Algériens fabriquaient donc force momies en imprégnant les cadavres d'asphalte, en les roulant dans des bandelettes trempées dans l'asphalte. Tout cela est raconté dans un petit livre intitulé *L'heureux Esclave*, qui est le récit d'un séjour aux côtes Barbaresques par un sieur de la Martinière, qui avait été pris par les corsaires de Salé. On peut y voir le détail de ces préparations. Les momies étaient ensuite transportées en Italie, de là passaient en France. Il paraît qu'on en fit aussi à Lyon, grand centre médical et où le besoin de cette pourriture asphaltée se faisait souvent sentir (avec ou sans jeu de mots). Les marchands d'Égypte qui continuent ce commerce, non plus pour les malades, mais pour les antiquaires, n'ont eu qu'à le perfectionner légèrement pour le mettre au goût du jour et au goût américain, car c'est l'Amérique maintenant qui absorbe le plus de fausses momies. Cela ne veut pas dire qu'elle les mange. Ce n'est plus l'usage.

LA PEINTURE

Ce siècle s'annonce comme celui du délire de la peinture. Voilà-t-il pas que la *Bethsabée* de Rembrandt est montée à un million en vente publique ! Ajoutez dix pour cent pour les frais de vente, le prix des assurances et vous trouverez que l'acquéreur aura payé, surtout s'il n'a pas le placement immédiat de son achat, pas très loin de douze cent mille francs pour une curiosité périssable, qu'un accroc peut disqualifier, pour un tableau qui a déjà perdu beaucoup de beauté originelle et qui en perdra un peu tous les ans. Mais ce n'est pas l'acquéreur qu'il faut admirer dans cette histoire, c'est l'amateur auquel il le repassera avec un bénéfice inconnu. Ce serait un musée allemand que je n'en serais pas très surpris, mais si c'était un ultra-riche Américain, il ne faudrait pas s'en étonner non plus. Il tiendra dans un salon de Chicago la place du chèque de cinq cent mille dollars qu'y avait fait encadrer un imbécile colossal. *Bethsabée* est de Rembrandt. Cela ne peut donc pas être une œuvre sans intérêt, mais il ne semble pas (j'en ai vu de belles reproductions) que cela soit une œuvre pleine de charmes. Les femmes de Rembrandt sont généralement de celles qu'on aime mieux voir en peinture que dans la réalité. Je sais bien qu'il faut les regarder sur le plan de l'art, mais il m'est difficile, pour mon plaisir particulier, de séparer entièrement l'œuvre d'art de l'objet qu'elle représente. Je suis bien aise que *Bethsabée* existe, mais je ne désire pas l'avoir constamment sous les yeux. C'est un objet de prix, c'est un diamant, soit, mais dont la contemplation doit être un peu fatigante, telle celle du fameux chèque. La peinture est une convention bien curieuse, et ce n'est peut-être que cela.

VISAGES

Réunis en volume, les *Visages* de Rouveyre semblent peut-être un peu moins cruels que lorsqu'ils défilent périodiquement le long d'une revue. Mais vraiment, je ne sais pas trop à quoi cela tient. Sauf en quelques pages qui demeurent excessives et comme blessantes, l'ensemble se tient. On sent beaucoup moins le système que la méthode. Faisons abstraction des visages de femmes, dont presque aucun n'est tolérable, la galerie des hommes me paraîtra même supérieure. C'est que la tête de la femme n'est pas faite pour plaire par son caractère, mais seulement par une certaine rectitude de lignes, qui ne doit pas être trop individualisée. Les femmes qui veulent à la fois paraître des beautés et des penseuses se méprennent sur leurs possibilités : il faut opter. La forme inesthétique donnée à leur visage, pourrait dire Rouveyre, est un hommage à leur intelligence : la beauté pure ne pense pas. La pensée ravage toujours la figure : il est vrai que la vie y suffit très bien. Mais je crois qu'il aurait fallu tenir compte pour les femmes de la faiblesse de notre œil pour elles, chez nous autres qui n'avons pas le regard déformateur ni si rudement scrutateur. Ceci dit, et ceci n'est peut-être que du sentimentalisme, je ne vois pas d'objection contre les portraits d'hommes, dont beaucoup sont d'une ressemblance extrêmement vivante. Ce ne sont pas seulement des portraits, ce sont des tendances, des intelligences, des manières d'être. Il y a d'autres déformateurs. Rouveyre diffère des autres par la diversité de sa déformation qui, au lieu de tourner autour du geste du dessinateur, tourne autour du caractère qu'il a deviné chez le modèle. En quoi c'est un portraitiste et non un caricaturiste aux effets toujours limités et presque toujours identiques. Mais par cela même c'est un homme fort dangereux pour la tranquillité publique.

SUR UN PORTRAIT

Les nouvelles générations de poètes et d'artistes s'engagent dans une voie esthétique où il va être bien difficile de les suivre. A les considérer, les plus hardis des beaux esprits se sentent croître des oreilles d'âne, des yeux de cheval et des âmes de pompiers. Tout ce qu'on a vu en fait de révolutions dans la littérature et dans l'art, et dont on nous conte l'histoire, n'est rien en comparaison de celle qui se prépare et qui est déjà fort avancée. Que l'on prenne par exemple le dernier volume de Guillaume Apollinaire. Ce sont des poèmes et il s'intitule *Alcools*. C'est juste, car ils enivrent de plusieurs manières, soit qu'on les respire, soit qu'on les touche ou seulement qu'on les regarde. Ils ne comportent pas de ponctuation et pourtant ne sont pas plus obscurs que tels autres qui en sont surchargés. Mallarmé avait déjà écrit des poèmes sans ponctuation, mais brefs et qui ne voulaient donner que des images ou des sensations uniques. Apollinaire risque de longs poèmes dénués de ces petits signes qu'on nous a habitués à croire indispensables et il prouve ainsi leur inutilité, au moins en poésie qui procède moins par analyse intellectuelle que par accumulation d'impressions. La couverture porte : « Avec un portrait de l'auteur par Pablo Picasso. » On tourne et voici une épure géométrique fort belle où l'on distingue au bout d'un moment un œil en haut et l'autre plus bas, quelques cheveux jetés dans un coin vers le sommet, une oreille aussi, en somme rien de ce qu'on appelle vulgairement un portrait et cependant on sent que l'artiste sait dessiner, qu'il n'a nullement fait un gribouillis de hasard, qu'il obéit à une méthode. C'est du cubisme, par le maître du genre. C'est comme cela maintenant que les muses voient leurs poètes et les bourgeois leurs épouses. Il faut entendre Apollinaire, homme intelligent, trop intelligent, vous dire : « Dans peu, vous vous y habituerez ; l'œil reconstruira. Ne lui en donne-t-on pas les éléments ? Quand on aperçoit quelqu'un, ne le voit-on pas par petits morceaux successifs ? » C'est beaucoup d' « alcools » à la fois ; cela monte un peu à la tête. N'importe, voilà un livre dont je ne me priverais pas volontiers.

L'EXOTISME

Il est assez de mode de se moquer de ces saisons théâtrales parisiennes où tout, auteur, acteurs, décors et jusqu'à la langue, est exotique. Il n'y a, en effet, rien de parisien dans ces fêtes, mais c'est précisément pour cela que nous pouvons nous y intéresser et même nous y passionner. Cela répond à ce besoin de nouveau qui, surtout à de certaines périodes, agite les peuples. Or rien de nouveau, en France surtout, ne peut surgir que de l'étranger, de l'exotisme. Il en a toujours été ainsi. La littérature du moyen âge fut plusieurs fois renouvelée par l'apport étranger, influences bretonnes, influences grecques. Plus tard, ce fut à l'Espagne, à l'Italie que nous demandâmes la chose neuve. Le *Cid*, qui nous paraît maintenant une œuvre nationale, fut d'abord une adaptation de l'espagnol. Au cours du XVIIIe siècle, tout fut renouvelé par l'influence anglaise. Le romantisme n'est qu'un mélange d'influences étrangères où l'Angleterre tient encore la première place. Depuis quelques années, après la période ibsénienne, nous sommes sous la domination russe et, pour ne parler que du théâtre et s'en tenir même à l'aspect extérieur, qui pourrait nier que le décor et la mise en scène des artistes russes ne soient en train de démoder jusqu'au ridicule la manière française ? C'est au point qu'on a pu nous faire entendre, sans nous lasser, des opéras russes chantés en russe. C'est au point que les derniers spectacles imaginés par M. d'Annunzio tirent presque tout leur attrait de décorations russes. Transportés à la Comédie-Française, quel serait leur sort ? Je n'ose y penser. Et les actrices russes, ne sont-elles pas en train de faire paraître un peu fades les nôtres ? C'est bien injuste, mais qu'y faire ? Il nous faut du nouveau, et il est là.

LES DÉBUTS

Un grand journal parlait récemment des débuts des écrivains aujourd'hui plus ou moins connus et notait qu'ils ont généralement lieu dans ces petites revues si dédaignées du grand public ou plutôt si inconnues de lui. C'est exact, les petites revues ayant toujours, plutôt que les grandes, besoin de copie, outre qu'elles mettent leur amour-propre à révéler les nouveaux talents. Mais il arrive aussi que les petites revues ne sont pas plus accueillantes que les autres, car elles sont souvent l'organe d'une école, et d'une école intransigeante. Très souvent, d'ailleurs, le débutant de la petite revue n'est pas un vrai débutant. Avant la petite revue, il y a le petit journal de province où il a glissé des stances ou un conte innocent.

Avant les débuts, il y a les pré-débuts, si l'on peut dire, et ceux-là demeurent toujours mystérieux, quand ils n'ont pas été également singuliers. Tel écrivain, aujourd'hui bien connu et encore très jeune, débuta dans le recueil des jeux floraux, de Toulouse. Tel autre, dans un petit périodique où il fallait d'abord s'abonner pour avoir droit à une insertion. Un autre, au contraire, envoya sa première copie à un recueil hebdomadaire très connu, très spirituel et très léger. Mais Taine y avait écrit sous le nom de Thomas Graindorge. Il se croyait également de grandes destinées, il céda à la fascination. Il mit dans une enveloppe quelques pensées sur les femmes, les envoya et eut le bonheur de les lire imprimées la semaine suivante. On ne lui avait changé que le titre et remplacé la signature par trois étoiles. Il eut l'audace de se présenter au bureau. On lui dit que cela se payait vingt-cinq centimes la ligne, mais il y en avait si peu qu'il n'osa pas les toucher. Cet auteur fit cinq ou six pré-débuts aussi fructueux et aussi tapageurs, après quoi il fut mêlé à la fondation d'une petite revue, où il débuta véritablement.

LE LATIN

On ne me croirait pas si je me disais ennemi du latin, mais je ne suis pas non plus ami du latin pour tous. Il semble que la tradition soit rompue et que toute une classe de jeunes gens de quinze ans ne puisse plus s'intéresser au langage de Cicéron. Les professeurs, malgré leur zèle, sont obligés de constater la faiblesse croissante des études latines. L'air n'est plus favorable au latin. Trop de choses nouvelles veulent entrer et d'autres sont entrées déjà dans les jeunes esprits ; il faut leur faire place. On étouffe dans les cervelles : ouvrez la porte et renouvelez l'air. Je ne sais pas si c'est fâcheux, mais c'est un fait, ou que les têtes n'ont pas grandi en proportion de ce qu'il s'agit maintenant d'y enfourner, ou qu'on a tort d'y vouloir enfourner trop de notions. Il va peut-être falloir choisir et, considérant le latin comme une notion de luxe, le réserver pour les quelques têtes un peu plus larges que les autres. Il y aurait ce moyen, mais qui semble tout à fait hors de la portée de l'Université : changer sa méthode d'enseignement et ne plus se donner pour but, dans les lycées, la formation uniforme de lettrés, de professeurs, d'écrivains. Car cela semble bien dans cette vue qu'elle gave la jeunesse et il semble bien aussi que cette vue ne soit plus absolument compatible avec le parti que cette jeunesse entend tirer de la vie. Or, je crois qu'il faut enseigner les gens et les jeunes gens selon qu'ils veulent être instruits et non pas selon que la coutume l'a fixé. A l'époque de la réforme, tout le monde voulait savoir l'hébreu. Il y eut des professeurs d'hébreu jusque dans les villages, il n'y en avait pas assez. Cent ans plus tard, il n'y en avait plus. La mode impose l'enseignement et la mode est fondée sur des besoins réels ou factices ; avons-nous à en juger ? On ne veut plus de latin, pourquoi l'enseigner de force ? Qu'on en fasse un cours libre.

LATINERIE

La première fois que j'eus une notion concrète de la nouvelle prononciation du latin telle qu'elle est préconisée et pratiquée dans quelques milieux universitaires, ce fut par l'entremise d'une dame qui apprenait à décliner *Rosa, la rose*, pour le faire apprendre à son fils. Elle disait tranquillement *roça* et cela lui paraissait tout naturel. Moi, cela me gênait un peu. Elle disait *ounous* (pour *unus*) et bien d'autres choses qui me semblaient saugrenues. Depuis cela, j'ai appris que chaque professeur, ou à peu près, a sa méthode et sa prononciation préférées, car cette science nouvelle est fort obscure et ne porte avec soi aucune certitude. Les uns tiennent pour le latin prononcé à l'allemande, d'autres pour le latin prononcé à la romaine et les plus savants, enfin, pour la prononciation cicéronienne. De plus comme le ministre a laissé les professeurs libres de suivre provisoirement les vieux usages, quelques-uns prononcent modestement à la française. Qui sait si l'an prochain la dame, son rejeton ayant gravi un échelon, ne tombera pas sur un de ces professeurs surannés ? Après avoir appris qu'il fallait dire *Kikéronn*, il sera condamné à revenir à *Cicéron* en attendant qu'un pédagogue féru de catholicisme le condamne à *Tchitchéronn*, à la romaine. Au milieu de tout cela, les gens, sans se douter un instant de leur incohérence, parlent ferme de la restauration des études latines. On peut être certain que ces innovations y contribueront puissamment. Remarquez aussi l'immense utilité qu'il y a à être fixé sur la prononciation d'une langue qu'on ne parle plus. Cette façon détournée des vendeurs de latin à donner raison aux espérantistes n'est-elle pas ingénieuse ?

LA LANGUE FRANÇAISE

On me consulte parfois sur un point délicat de la langue française. On croit que je la connais ; je l'ai étudiée et l'étudie encore tous les jours, mais c'est précisément pour cela que je m'y perds encore, car elle est pleine de contradictions. Ceux-là seulement peuvent avoir l'illusion d'en avoir démêlé tous les secrets, qui ne la cherchent qu'à travers les règles des grammairiens, car le grammairien connaît la loi. Mais au-dessus de la connaissance des lois, il y a le sentiment. Comme on dit qu'on a ou qu'on n'a pas le sentiment des convenances, on a ou on n'a pas le sentiment de la langue française et à cela, il n'y a rien à faire. On ne peut améliorer ce qui n'existe pas, il faut d'abord le créer. C'est dans les écrits contemporains que se constate surtout cette absence de sentiment. Beaucoup de gens qui écrivent arrivent facilement à dire tout le contraire de ce qu'ils voulaient dire ou même à ne rien dire du tout, ce qui vaut peut être mieux. Je lis dans le récit d'un touriste qui raconte une excursion à Venise en automobile : « Admirable pont métallique... Il a bien un kilomètre de long. C'est ce qu'on peut appeler un beau travail de la nature. »

Évidemment, un pont est dans la nature, un pont est fait au-dessus d'un accident de la nature, fleuve ou précipice, mais un pont n'est pas un travail ou une œuvre de la nature. Voilà cependant ce que l'on écrit. Vraiment les textes contemporains sont plus difficiles à comprendre que ceux du XIIe siècle et si tout le fatras du jour n'était pas destiné au néant, ce serait désespérant. Des livres estimés ne sont pas d'une meilleure langue : l'à-peu près qui est dans l'écriture n'étant que le reflet de la confusion mentale qui règne dans les esprits.

LES NOMS ÉTRANGERS

Une revue, qui ne semble pas pourtant ennemie de l'extension du français, ni de son emploi comme langue internationale, vient de nous arracher la paisible possession, non de la ville de Gand, sans doute, mais du nom de cette cité flamande. J'avais d'abord été un peu intrigué, en lisant :

« Dans le *Nineteenth Century* de septembre, M. Ellis Barker rappelle que la veille de Noël, en 1814, dans l'antique couvent des Chartreux de la vieille cité de Ghent, le traité de paix fut signé entre l'Angleterre et les États-Unis. » Où pouvait bien se trouver cette vieille cité ? Je cherchais, un peu honteux de mon ignorance, quand je me souvins que c'est là une des rares villes de Belgique annexées linguistiquement par les Anglais. Ils disent Ghent au lieu de Gand. Mais le plus souvent ils respectent la forme flamande et surtout la forme française, disant Bruges, Malines, comme ils disent Bar-le-Duc et même Cologne, Aix-la-Chapelle. Ils ont traité de même d'ailleurs la plupart des villes célèbres de l'Europe. Il est bien rare qu'elles soient anglicisées. Ils disent comme nous, avec des nuances d'orthographe, Séville, « Venice », Florence, Rome, Naples. C'est par une exception qu'ils ont mué Livorno ou Livourne en Leghorn. Malgré cette politesse qu'ils nous font d'adopter notre transcription de quelques noms étrangers, je ne crois pas que nous devions leur rendre la pareille. Ce serait trop de bonté. Laissons leur Ghent pour leur usage personnel et respectons, quant à nous, le privilège que nous a donné la tradition de franciser hardiment les noms étrangers anciennement connus.

BARBARISMES

Un mot, l'autre jour, lu je ne sais plus où, malheureusement, m'intrigua beaucoup. On disait : « Enfin ils poignaient. » Le sens n'était pas douteux, cela signifiait : ils apparaissaient, ils surgissaient. Je reconnus bientôt que cela n'était pas à proprement parler un barbarisme, mais seulement une forme, particulièrement inusitée dans ce sens-là, du verbe poindre. Elle est encore vivante quand le verbe poindre signifie *piquer*. Les naturalistes, après La Fontaine et d'autres, l'ont beaucoup employée : « Cette idée le poignait. Les remords le poignaient. » Néanmoins, je les soupçonne d'avoir instinctivement fabriqué, d'après l'adjectif poignant, un verbe inédit, *poigner*. C'est bien par hasard, à mon avis, que ce nouveau verbe s'est adapté à l'ancien imparfait du verbe poindre. Il n'est plus au pouvoir de la langue française, aujourd'hui, les exceptions sont bien rares, de fabriquer un verbe qui ne soit pas de la première conjugaison et c'est à elle que le peuple et tous les ignorants (qui comprennent beaucoup d'écrivains) ramènent toutes les formes amphibologiques des verbes des autres conjugaisons. De là l'apparition de ces formes étranges, qu'il faut s'attendre à rencontrer de plus en plus dans la littérature courante : *il s'enfuya*, *il ria*, *il souria*, etc. Comme *il s'enfuit*, *il rit* n'indiquent pas que l'action est au passé plutôt qu'au présent, il semble qu'il y ait là comme une ruse linguistique inconsciente pour doter ces verbes trop uniformes d'un passé défini emprunté aux formes de la première conjugaison où il se distingue nettement du présent. C'est ainsi que les verbes français s'acheminent, si lentement qu'ils resteront en route très probablement, vers la simplicité du verbe anglais, qui représente une évolution linguistique bien plus avancée. N'importe, j'admets qu'on rie devant *il ria*.

LES DEUX LANGAGES

Un malheureux camelot, invité à circuler par un agent, répond : « Ta gueule ! » Est-ce une insulte ? On a soumis le cas à M. Brunot, lequel n'y voit qu'une forme populaire de langage et l'équivalent de cette autre locution : « Ferme ça ! » Les juges n'ont pas été de cet avis, et, condamné à six mois de prison, le camelot a vu, en appel, sa peine portée à un an. Mais comment faire comprendre à des magistrats, hommes de la société polie, hommes mesurés, distingués, qu'il y a en France deux langages, celui qu'emploient les gens qui fréquentent les salons et celui qu'emploient les gens qui ne fréquentent que le trottoir et le zinc. Si « ta gueule ! » était proféré dans un salon, il y provoquerait un incroyable scandale, sans nul doute, mais il n'en est pas de même sur le trottoir, et surtout entre gens de la même classe populaire, qui échangent, à chaque propos, les mots les plus grossiers dont ils ne se choquent nullement, par la bonne raison qu'ils n'en connaissent pas d'autres qui rendent aussi bien leur pensée et avec une spontanéité aussi nette. Il y a de l'impatience, il y a une nuance de dédain dans l'expression du camelot, mais il n'y a pas insulte à proprement parler. Elle traduit le « Assez ! » qui échappera au magistrat exaspéré, ou même le « Zut ! » où il se laissera aller dans un moment de colère familière. Ne voit-on pas, dans des scènes de caserne, deux soldats se dire sur un ton affectueux : « Mon vieux cochon » et autres aménités qui seraient fort déplacées dans le salon de Mme de Noailles, mais qui ne le sont plus à la caserne. Le peuple ne sent pas la grossièreté comme nous, ou plutôt ce qui nous semble grossier ne l'est pas nécessairement pour lui. Il y a deux langues dans la langue française, avec des nuances, où tout le monde ne se reconnaît pas. C'est le devoir des raffinés d'être le plus indulgents.

LE STYLE PROFESSIONNEL

« Quel bon style poncif, écrivait Flaubert (5 octobre 1860), à propos d'une encyclique du pape Pie IX, que le style ecclésiastique ! Ce serait, du reste, une étude à faire que celle des styles professionnels. » Il n'eût pas manqué, s'il avait entrepris une telle étude, de s'éjouir du style judiciaire qui n'a toute sa beauté et toute son originalité, toute sa liberté que les « Attendus ». Le Code bride l'imagination des magistrats ; aussi, dans ces documents, ne l'évoquent-ils qu'à la fin, quand ils ont épuisé leur provision d'histoire, de littérature ou de philosophie. Une note de couturière contestée par la cliente les fera penser à Laïs, tout au moins à la « Toilette d'une dame romaine » ; ils ont de la lecture et ils le prouvent. Voilà un procès qui part d'un litige amoureux : vite il place dans ses « Attendus », toujours tant attendus, une histoire abrégée de l'amour depuis les temps les plus reculés jusqu'à nos jours. Cela vous pose un magistrat et peut le mener à la pourpre. Attendu, disait l'autre jour un juge de paix, que « dans l'antiquité, le mariage était basé uniquement sur l'amour de deux êtres de sexe différent... ». Est-ce assez péremptoire, assez pompeux, assez historique ? Petit-Jean remontait avant le déluge ; le moderne juge de paix n'a pas de notions sur les époques mythiques : il a l'esprit positif, il entre du premier coup dans l'histoire. Au fait, où a-t-il pris cela, que le mariage, chez les anciens, était basé sur le pur amour ? J'aurais cru le contraire, que l'amour n'y avait aucune part, du moins avant, et que d'ailleurs l'amour, tel que nous le concevons, n'avait nulle place dans leurs relations sociales. L'antiquité, c'est les hommes d'un côté et les femmes de l'autre. O naïveté de croire que les petites Grecques et les petites Romaines faisaient des mariages d'amour ! Croyez-moi, monsieur le juge de paix, tenez-vous en au Code, c'est plus sûr.

LA MÉDIOCRITÉ

Ayant gardé la chambre plusieurs jours, le hasard m'a fait entreprendre diverses lectures qui auraient dû me distraire, mais qui ont beaucoup augmenté mon ennui. Décidément, il n'y a rien de plus pénible que le livre qui veut être divertissant, mais qui est surtout médiocre. Un traité d'arithmétique ou de chimie me conviendrait vraiment mieux. Ce n'était pourtant pas le vulgaire roman, mais des souvenirs contemporains et j'en attendais quelque plaisir. En est-il aucun près de ces âmes superficielles plus contentes encore, dirait-on, de leurs petits chagrins que de leurs petites joies ? Je voudrais bien désigner plus clairement ces malheureux auteurs, mais je ne l'ose. Ils ne me comprendraient pas d'ailleurs, peut-être trouveraient-ils seulement que j'ai bien mauvais goût. Oui, je l'espère, et que nous avons une sensibilité différente. Mais ce qui m'a surtout exaspéré, c'est la platitude du style. Je me suis répété dix fois, au cours de cette lecture, le mot de Flaubert « sur le style coulant, cher aux bourgeois ». Il a un mérite cependant, c'est l'ennui extrême qu'il répand. Rien n'incline mieux au sommeil que la médiocrité soutenue, celle qui ne flanche jamais, celle qui se joue des difficultés, glisse, comme frottée d'huile, à travers la syntaxe, donne enfin l'impression d'un robinet d'où sort éternellement une belle eau claire, toujours la même. Pourquoi donc, me dira-t-on, ai-je persévéré ? Peut-être parce que j'espérais une chute, une brisure ? Puis, la persévérance est dans mon caractère. C'est pourquoi je crains les ouvrages en plusieurs volumes. Je ne sais plus m'arrêter. Cela m'a mené parfois très loin, à des tâches dont je sens encore la courbature. Il n'en est pas de comparable à celle qu'imprime au cerveau la lecture d'un livre médiocre. Hélas, c'est presque tous !

LECTURES DE VOYAGE

J'emporte toujours au fond de ma malle quantité de livres sérieux, qui ne sont pas sans l'alourdir, et régulièrement je les rapporte sans les avoir ouverts. En revanche, je reviens encombré de brochures à bon marché qui ont tenté ma paresse, au passage dans les gares. Comme toute cette littérature, médiocre et médiocrement gaie d'ailleurs, me semble au retour ridicule! J'en suis un peu honteux et je me promets toujours, mais en vain, de ne plus m'y laisser prendre. Je le sais, il vaudrait mieux regarder tomber la pluie philosophiquement, mais le démon de l'ennui, de la peur de l'ennui, nous pousse, et l'on devient si lâche dès que l'on sort de ses habitudes! J'y ai gagné du moins, car il n'est pas une sottise qui ne nous vale quelque compensation, une certaine connaissance d'une littérature dont je n'aurais pas eu l'idée si j'étais toujours resté chez moi. Je ne la désigne pas autrement. C'est d'ailleurs la plus connue, celle où se délectent la plupart de nos contemporains, celle qui passe aussi pour représenter le mieux ce qu'on nomme l'esprit français. Il y a même eu, il y a quelques années, une collection populaire sous ce titre fallacieux. Il faut croire que cet esprit n'a plus guère d'admirateurs puisque l'éditeur de ces opuscules a disparu. Mais d'autres ont été séduits par le prestige du titre et c'est encore ce genre qui alimente les bibliothèques des gares. Ces livres, d'une gaîté si splénétique, répondent sans doute à un besoin du voyageur, de l'homme bien décidé à ne pas faire le moindre effort intellectuel, mais comme ils font regretter ceux que l'on oublie dans leur prison, ceux qu'on n'a pas le courage d'attèindre! C'est que, précisément, sans effort intellectuel il n'est peut-être pas de plaisir possible.

LES LIVRES ANCIENS

Il y a tant de revues qui s'occupent des livres nouveaux qu'il était temps, semble-t-il, qu'il y en eût au moins une qui s'occupât des livres anciens et des problèmes de toute sorte qu'ils soulèvent. Il est impossible de faire de sérieuses histoires littéraires, si l'on ne connaît pas directement les vieux livres, même sans grande valeur, qui sont comme le fond sur lequel se détachent de belles œuvres de la littérature. Ceux que nous vénérons ne furent d'abord qu'un de ceux-là. Les livres de Corneille, de Molière, de La Fontaine n'étaient pas, à leur naissance, comme le croient les professeurs, marqués d'une auréole. Ils étaient exposés au Palais, pêle-mêle, avec les oubliés, chez Guillaume de Luyne, libraire-juré, dans la salle des Merciers, à la Justice, ou chez Thomas Jolly, dans la petite salle, à la Palme et aux armes de

Hollande. Est-ce que les oubliés n'ont pas droit à quelque considération en faveur de leur voisinage? C'est là que figura sans doute *L'histoire d'Isménie et d'Agésilan* dont M. Magne nous conte l'histoire dans le premier fascicule de la *Revue des livres anciens*, comme les dernières éditions de Ronsard avaient, quelque cinquante ans auparavant, coudoyé dans les librairies à la mode les premières « follâtreries » du seigneur de Cholières, dont M. Pierre Louys retrouve le nom véritable et esquisse pour la première fois l'histoire encore incertaine. C'était un avocat au parlement qui se fit chartreux et écrivit en cette qualité nombre d'ouvrages de piété. Voilà une heureuse découverte. Il y a toutes sortes de choses curieuses dans ce premier numéro, jusqu'à la description d'un manuscrit inédit de Restif de la Bretonne, *Les Revies*, et une profusion de notices sur des raretés bibliographiques. On voit les livres dont il est question, car les titres en sont presque toujours reproduits. Cela fera un recueil bien séduisant et dont l'autorité sera grande.

Les livres anciens ont trouvé de vrais amis.

UN ROMAN

Les romans que l'on reçoit au mois d'août, quand on a le malheur de ne pas avoir encore quitté Paris ou que l'on est déjà revenu, sont presque sûrs d'être lus. C'est ce qui est arrivé à celui qui m'est parvenu avant-hier et qui, en une autre saison, m'aurait probablement découragé. Mais la solitude du moment, la fraîcheur excessive de la température l'ont fait bénéficier d'un état d'esprit spécial, de sorte que j'en suis à la page 480, ni plus ni moins, ce qui m'a permis de faire ample et suffisante connaissance avec la plus extraordinaire turpitude que l'on ait encore publiée sous une couverture jaune paille. Après cet exorde et quoique la chose ne soit malheureusement pas sans un certain talent à la Zola, un talent salement naturaliste, je m'abstiendrai d'en dévoiler le titre et le nom de l'auteur. Au surplus est-il suffisamment caractérisé par la date de sa venue au jour, où il est certainement seul de son espèce. C'est l'histoire d'une famille, mais surtout d'un père et d'une fille qui sont sans doute les êtres les plus haïssables que l'on peut avoir connus dans un livre. Le père pousse sa fille à se faire épouser par un jeune homme riche, puis voyant qu'il ne survient pas d'héritier, imagine de le procréer lui-même, et, à la grande joie du jeune monstre, devient son amant et la rend mère. Le couple incestueux est parfaitement heureux, se roule avec délices dans sa bauge, quand le mari les surprend. On lui fait son affaire, un peu, il faut le dire, par hasard, dans un mouvement de colère, puis on se débarrasse du cadavre qu'on va pendre à un arbre, dans la campagne, avec une sérénité tempérée par la frousse. Ils sont inquiétés, mais à peine, et l'ordure triomphe. L'auteur n'a trouvé que défunt son chien à qui dédier cette bonne histoire. Je sais, il s'en déroule parfois de telles à la cour d'assises et il faut peut-être, après tout, admirer le courage de qui a fréquenté, sans haut-le-cœur, de tels individus.

L'ENCRE

Un correspondant de l'*Intermédiaire* demande la fondation d'une ligue nouvelle, la Ligue de la bonne Encre, une ligue terriblement réactionnaire qui voudrait faire revivre la coutume des encres faites à mesure d'après des formules surannées, mais efficaces. « L'encre, dit le promoteur de cette ligue, se faisait, il y a encore un demi-siècle, avec de la noix de galle, suivant une tradition de l'antiquité classique conservée et transmise par les monastères. » Hélas ! on a trouvé plus simple, plus propre aussi de l'acheter par petites bouteilles chez le marchand qui nous en fournit de toutes les couleurs, et fort bonnes, du moins pour ce que nous voulons en faire. Nous ne lui demandons plus, en effet, d'être indélébile et de traverser les siècles. Comme nous n'écrivons plus sur un parchemin, mais bien sur du fugitif papier, de l'encre à la noirceur temporaire nous suffit très bien. Il parait que l'encre à stylographe est encore moins solide que l'encre des écoliers. C'est encore bien suffisant et cela répond à merveille aux préoccupations de notre temps, qui sont plutôt de faire vite les choses que de les faire très bien et en vue de la postérité la plus reculée. Je ne m'arrange pas volontiers du stylographe et je le regrette modérément, car je crois que cette invention est tout à fait transitoire. Je rêve à un certain crayon-encre dont il y a des essais qui deviendront peut-être satisfaisants. Non, vraiment, je ne suis pas de ceux qui regrettent la plume d'oie, la plume que, je ne sais pourquoi, on cueillait sur l'oie vivante, et que l'on taillait soi-même. C'était une manière, paraît-il, de réfléchir à ce qu'on allait écrire. L'invention de la plume métallique a porté un coup à la littérature sérieuse. Je recommande cette question à la Ligue de la bonne Encre : elles se tiennent.

SUR UNE PHRASE

Sur mille personnes qui répètent si volontiers la moitié, je ne dirais pas de la pensée, car ce n'est même pas une pensée, la moitié de la phrase de Pascal : « Les fleuves sont des chemins qui marchent... », il n'en est peut-être pas une qui soit capable de la compléter : « ... et qui mènent où on veut aller. » S'ils la connaissaient toute, peut-être ne la répèteraient-ils plus, car ils en verraient trop clairement l'absurdité. Cette fameuse phrase doit-elle être classée parmi les sottises échappées aux grands hommes, ou n'est-elle qu'une erreur de copiste, ou encore une chose incomplète jetée au hasard, je n'en sais rien, mais il est certain qu'elle n'a qu'une apparence de bon sens. La première partie est fort supportable parce qu'elle énonce un fait et qu'aux immobiles routes elle oppose les mobiles fleuves. Mais la seconde partie en détruit tout l'effet. Je ne pense pas qu'il soit besoin d'expliquer que cette route qui marche ne marche que dans un sens et mène non où l'on veut aller, mais bon gré mal gré où elle va nécessairement elle-même ; ce sera une fois sur deux là précisément où nous ne voulons pas aller. Elle est donc, en tant que route, bien inférieure aux plus simples chemins, qui du moins n'ont pas de parti pris et nous mènent vraiment, avec le seul effort du mouvement, là où nous le désirons. Pourquoi donc cette phrase est-elle devenue célèbre ? Probablement à cause de l'antithèse qu'elle contient, bien que comme toutes les antithèses, fort incomplète et très peu juste, même quand elle l'est le plus. Elle abrège le raisonnement pour ceux qui se contentent de peu, qu'une vague apparence satisfait. Pascal n'était pas un bon observateur, mais la généralité des hommes, étant encore moins observateurs que lui, l'ont suivi avec confiance. Un Pascal peut-il dire une sottise ou une demi-sottise, peut-il avoir une distraction ?

GASSENDI

Le petit village de Champtercier, près de Digne, inaugure aujourd'hui un monument au philosophe Gassendi qui naquit là à la fin du seizième siècle. L'originalité de Gassendi est d'avoir été à la fois un excellent prêtre et un athée parfait. Quand on lui demandait comment il pouvait concilier des états d'esprit si différents : « Il y a temps pour tout », répondait-il. Il croyait en Dieu en disant sa messe et le reste du jour vénérait Épicure. Les gens simples l'appelaient « le bon prêtre de Digne », mais les initiés opposaient sa philosophie épicurienne au rigide idéalisme de Descartes. Il avait deux bréviaires, le bréviaire romain et le Poème de la Nature de Lucrèce. Gassendi est l'inventeur de la cloison étanche, qui n'est peut-être qu'un jésuitisme supérieur. C'est l'art de la restriction mentale poussée au plus haut point, l'art de cacher sous une adhésion de forme aux doctrines religieuses officielles la plus grande liberté d'esprit. Cette attitude, qui ne fut pas rare au XVIIe siècle, rendit les plus grands services. Elle permît de cultiver libéralement les tendances de son esprit sans trop offusquer les autorités. Molière fut un disciple de Gassendi. La conception de *Tartufe* est gassendiste. Si Molière eût avoué que sa comédie était une attaque directe contre la religion, que son Tartufe était le type même du dévôt véritable, il eût risqué de finir ses jours à la Bastille ; mais en le donnant pour le faux dévôt, il se posait même en défenseur de l'intégrité religieuse, et tout le monde y a été pris et on s'y laisse encore prendre. Que c'est singulier, quand on y songe, cette conception d'un Molière champion de la dévotion ingénue! Le soin de dire sa messe permit à Gassendi de former quelques-uns des plus fameux « libertins » du temps. On a dit qu'il était sincère dans sa double foi. Le fait est que, s'il pensa selon la doctrine d'Épicure, il vécut une vie fort peu épicurienne. En ce cas, il n'aurait fait qu'ajouter un mystère de plus aux mystères chrétiens, le mystère de la cloison étanche.

DIDEROT

A propos du centenaire de Diderot, on peut remarquer qu'il est certains écrivains dont la réputation était d'un genre tout différent, de leur vivant, de ce qu'elle est devenue dans la suite des années. Vers la fin de la vie de Diderot, les œuvres qui ont le plus fait pour sa réputation, tant près du peuple que près des lettrés, n'avaient pas encore été imprimées et on l'estimait surtout comme l'auteur laborieux de l'Encyclopédie, comme l'écrivain un peu lourd des *Pensées philosophiques* ou de la *Lettre sur les aveugles*. *Le Neveu de Rameau*, qui est l'œuvre vivante de Diderot, ne fut d'abord connu qu'en allemand par une traduction de Gœthe, elle-même retraduite en français, en 1821 ; on ne connut le texte original que beaucoup plus tard, en 1862. *La*

Religieuse ne fut imprimée que sous la Révolution, en 1796, la même année que *Jacques le Fataliste* et ces deux œuvres sont, avec *Le Neveu de Rameau*, à peu près tout ce qui se lit de Diderot. Il faut y joindre le *Supplément au Voyage de Bougainville*, qui est bien la chose la plus divertissante qu'ait jamais inspirée la philosophie et qu'il faudrait mettre au rang des contes de Voltaire. Enfin la réputation présente de Diderot est encore étayée sur des pièces de théâtre qu'on a appris à estimer et qui n'eurent de son temps aucun succès, et aussi sur ses *Lettres à Mlle Volland*. Il n'y a presque aucun rapport entre le Diderot d'aujourd'hui et le contemporain de d'Alembert, mais malgré tout le Diderot romanesque était bien contenu dans le Diderot philosophique et les paradoxes du *Neveu de Rameau* étaient en germes dans des écrits plus lourds. Aussi est-il arrivé que sa seconde réputation s'est admirablement greffée sur la première et qu'elle n'a paru en rien disparate. Les écrits posthumes prennent rarement place dans la partie glorieuse d'une œuvre. A peine arrivent-ils à se faire connaître. De Diderot, c'est au contraire la partie vivante : nous le possédons plus réellement que ses contemporains eux-mêmes.

LOUIS VEUILLOT

On vient de célébrer assez discrètement le centenaire de Louis Veuillot. Les centenaires nous fixent sur la date de naissance des hommes momentanément célèbres ou qui le furent. J'ai donc appris avec plaisir que celui-ci était né en 1813. On parlait encore beaucoup de lui au temps de ma jeunesse. Ce fut même son grand moment d'autorité politique, car les catholiques étaient au pouvoir et il triomphait, quoique avec mauvaise humeur, car ce n'était pas un homme amène. Cependant, dès cette époque, son heure littéraire était passée : elle s'écoula sous le second Empire. Il essaya de la fixer en recueillant ses plus pittoresques chroniques parisiennes sous le titre des *Odeurs de Paris*. Ce livre, qui m'avait amusé quand je le découvris, a bien vieilli, mais beaucoup moins que tant d'autres de la même époque et du même genre. On peut encore le relire, mais qui oserait relire Roqueplan ou Aurélien Scholl ? Ce qui a conféré une certaine durée à la verve journalistique de Veuillot, c'est son âpreté. Cet homme ne sourit jamais, il ricane. Sans doute, il est plaisant de le voir dépiauter ces mauvais écrivains qui pullulaient déjà, mais on souffre un peu de le voir confondre avec la tourbe les Heine et les Renan. Les confond-il ? Oui et non : mais jamais il n'a reconnu qu'on pouvait être à la fois un penseur et un libre-penseur, un sceptique et un sage. Pour lui, l'écrivain qui ne va pas à la messe n'est pas loin d'être un misérable, et quand on raille la religion, on est bon pour l'échafaud. On ne peut pas dire qu'il est de mauvaise foi. Il est ainsi fait. Il est catholique et tout ce qui n'est pas catholique lui semble digne de mépris. Cet état d'esprit ne me déplaît pas et même j'en aime la rudesse. Avec les Veuillot on sait à quoi s'en tenir. Tant d'autres sont de déplorables amphibies !

BONS CONSEILS

J'ai une petite collection de livres baroques où je m'amuse quelquefois et où je fais des découvertes. Hier j'y trouvai un petit traité que j'ai eu la patience de lire jusqu'au bout. Le titre est à la fois ingénu et piquant. Le voici : « Dix-neuf manières de faire fortune honorablement en commençant sans argent. » Toutes ne sont pas bêtes et quelques-unes sont même fort ingénieuses. Cependant le mot « honorablement » est de trop, mais cela montre peut-être seulement que la conception de l'honorabilité a beaucoup varié, en paroles, il est vrai, plus qu'en fait. Néanmoins, n'est-on pas d'abord surpris qu'il se soit publié en 1840 un manuel aussi ingénu de la fraude ? « 10e moyen. Le vin de Lunel. » C'est l'art de transformer le vin d'Argenteuil en vin de Lunel et de le vendre en cette qualité... Un autre moyen de faire fortune est de tirer de l'alcool des pommes de terre, d'y ajouter « quelques gouttes d'alcali » et de le vendre pour de l'excellente fine champagne. Il y a plusieurs procédés de ce genre et tous aussi honorables. En voici encore un dont la candeur étonnerait si l'on ne savait qu'il a donné d'excellents résultats. Il s'agit tout simplement de se procurer un tas d'objets hétéroclites et de les orner, avant de les mettre en vente, d'étiquettes de ce genre : « Plume avec laquelle Voltaire écrivit *La Pucelle* », ou bien : « Balle trouvée dans l'une des bottes de Napoléon après la bataille de Wagram », etc. Je pense que l'on a reconnu dans ce petit traité une satire de l'ingéniosité industrielle ou commerciale qui commençait à prendre son essor vers le milieu du règne de Louis-Philippe. A la naïveté de la satire, on devine la naïveté des fraudeurs ou des estampeurs. Comme toutes choses, cet exercice de l'esprit humain a fait de grands progrès, et naturellement la crédulité a augmenté en proportion. Elle a droit, de nos jours, à des railleries d'une autre qualité.

STENDHAL ET CASANOVA

C'est une question bien affligeante pour les casanovistes que celle qui resurgit dans les étroites colonnes de l'*Intermédiaire*. On la croyait non seulement élucidée, mais enfouie depuis longtemps au cimetière des vieux papiers. La voici dans toute sa naïveté : « Stendhal n'est-il pas l'auteur, ou du moins le reviseur des *Mémoires* de Casanova ? » Il n'apparaît pas, dois-je dire, qu'on la prenne désormais au sérieux, mais c'est peut-être trop de la laisser revivre, même pour un instant. Elle avait été lancée jadis par le bibliophile Jacob, qui en souleva de plus ingénieuses. Même il ne posait pas la question, il affirmait, il disait : « J'ai la certitude morale que Stendhal, etc... » Et le malheureux donnait ses raisons. On les a relevées dans la préface de l'édition Garnier et vraiment elles lui font peu d'honneur. J'aimerais mieux que les intermédiaristes s'occupassent du vrai reviseur de ces

Mémoires, qui fut, comme on le sait, un nommé Jean Laforgue, professeur de français à Dresde. On a dit beaucoup de mal de lui, qu'il a défiguré le texte de Casanova, qu'il l'a édulcoré, mais à le parcourir avec suite, on ne voit pas à quels endroits il en aurait faussé le ton, et quant à l'adoucissement, par ce qu'ils contiennent de verdeur et de choses très osées, on n'en aperçoit pas bien la trace. Casanova destine son livre au public, il n'y a sûrement rien mis de rebutant. D'ailleurs, ce n'était pas un esprit grossier. Il n'a jamais fréquenté les courtisanes ou s'en est aussitôt repenti. S'il avait beaucoup de vulgarité, il avait aussi une certaine délicatesse. C'était un voluptueux mais aussi un perpétuel amoureux et, assurément, il n'a pas conté ses bonnes fortunes dans un style érotique, plus propre à en diminuer la valeur qu'à les rendre plus précieuses à son souvenir. Jean Laforgue n'a été que le correcteur des italianismes qui abondent, paraît-il, dans l'original. Plutôt que d'accabler ce professeur de français, les casanovistes devraient vénérer sa mémoire.

UN CHRONIQUEUR

Je ne me souviens pas que l'on ait fêté le centenaire de Mme de Girardin. Cela aurait dû intéresser au moins la corporation des journalistes, car presque aucun, peut-être, ne fut plus brillant, plus spirituel, plus doucement satirique. Mais on vient de récompenser le recueil choisi de ses œuvres et voici une occasion, plus sensée qu'un anniversaire, de rappeler son souvenir. Cette femme charmante, qui n'est plus qu'un point, à peine visible à l'œil nu, dans la constellation romantique, fut pendant dix ans une étoile lumineuse. Comme elle était fort jolie, on lui trouva l'air inspiré dès qu'elle chanta et sa poésie passa d'abord pour aussi belle que ses beaux cheveux blonds. Elle fut la Muse, elle fut Velléda, elle fut Corinne. Chateaubriand lui trouva du génie, Vigny l'aima ; Lamartine, toujours un peu morose, l'admirait, tout en la trouvant trop gaie, car cette poétesse était de l'humeur la plus riante et sembla toujours plus heureuse qu'éblouie de sa gloire. Cette gloire, qui ne se comprend plus bien, si on se met au seul point de vue littéraire, ne dura pas plus longtemps que sa première jeunesse et que son état de jeune fille. Le poète s'effaçait quand, Girardin ayant fondé la *Presse*, il se métamorphosa soudain et se révéla chroniqueur. Sainte-Beuve, qui avait presque toujours le mot juste, même sur ses contemporains, avait bien dit que sa poésie était, autant que d'un poète, la poésie d'une femme du monde. C'est encore ce qu'elle resta en se faisant journaliste, courriériste parisien, et ses *Lettres parisiennes* en gardent un parfum particulier. Miracle ! On peut les lire encore avec un certain plaisir. Femme et poète, elle est aussi un écrivain.

LE SURVIVANT

Rochefort est mort à l'âge de quatre-vingt-trois ans et il écrivait encore le mois dernier sa chronique quotidienne, toujours la même, à cela près que, jadis hérissée de piquants acérés, ces piquants s'étaient peu à peu émoussés, puis flétris, mais ils y étaient. Effet de la vieillesse, sans doute, mais on peut se demander encore si une grande partie de la force des écrivains, des « gens d'esprit », des « meneurs d'hommes », ne réside pas dans l'admiration de leurs contemporains ; je le pense et qu'il n'est pas bon de survivre à sa génération. A mesure qu'elle s'égrène, celles qui la remplacent cherchent ce qui faisait l'attrait du survivant et ne le trouvent pas. Bientôt même on ne se le demande plus et, comme il n'exprime plus une seule idée contemporaine, on le néglige puis on l'oublie. Hormis d'un petit groupe qui lui savait gré d'avoir accepté son hospitalité, Henri Rochefort était parfaitement oublié, après avoir joué à la surface des choses un rôle qui donne l'illusion d'être considérable. Mais les rôles considérables sont rares. Celui de Rochefort avait du moins sa valeur psychologique. Il avait prouvé qu'on peut s'imposer aux hommes, du moins aux Français, et du moins encore aux Parisiens, par la seule vivacité de son esprit, par l'art équivoque de ramener toutes les questions à des jeux de mots voisins du calembour. Sa fortune était basée sur un calembour digne du marquis de Bièvre, qui n'en fit guère de meilleur. Et ce calembour, il devait le répéter toute sa vie en le variant de couleur. non de forme. Tant de persévérance engendra une admiration légitime. Légitime, mais qui tient tout de même du phénomème, surtout pour ceux qui, voulant juger les choses par eux-mêmes, sont venus trop tard et auxquels il n'a pu servir son champagne que fort éventé.

CORRESPONDANCES

On va publier les lettres de Verlaine à un de ses amis. Elles s'étendent sur un grand espace de temps, une trentaine d'années. Si elles sont très intéressantes, je ne les ai pas feuilletées assez longtemps pour m'en rendre bien compte, mais elles sont des lettres de Verlaine et cela suffit. Il n'avait pas toujours beaucoup de distinction dans sa prose et il y en a moins que jamais dans ces lettres à un camarade ; l'on y verra du moins la preuve qu'il est quelquefois bon de séparer l'homme de l'écrivain et d'en faire l'objet de deux jugements séparés, si l'on tient à juger. Mais, et c'est là ce que je voulais dire, le ton lâché d'une correspondance peut venir aussi de la qualité du correspondant et du genre d'amitié qu'il inspire. C'est pourquoi on regrettera toujours de ne pas posséder les correspondances complètes, les lettres des deux parties. Je ne connais que peu de recueils de ce genre, en dehors de la correspondance de Gœthe et de Schiller, de Flaubert et de George Sand, où les épistoliers parurent à un moment à peu près sur le même plan. Quand l'un des correspondants est inconnu ou sans grande réputation, on supprime généralement ses lettres, sans se douter qu'on supprime ainsi une partie de l'intérêt que présentent celles que l'on a conservées. De la sorte, la plupart des correspondances ressemblent à des dialogues où l'on aurait effacé les répliques d'un des discoureurs, à une scène de comédie réduite à un seul rôle. Mais qui voudrait qu'un Verlaine eût conservé les lettres qu'on lui adressait? Ce ne serait plus le poète errant et malade, ce ne serait plus Verlaine. Félicitons-nous plutôt qu'un de ses amis eût songé à garder dès 1868 la plupart (car il en manque certainement) des lettres qu'il en recevait. Cet homme était-il un homme d'ordre ? Avait-il prévu la fortune singulière de son ami? Peu importe. J'en ai tenu un instant le manuscrit autographe. Il est, matériellement, bien curieux.

UNIVERSITÉS

Je vois sur le prospectus d'une « Université » mondaine l'indication d'un cours de frivolités! Il y a là un double signe de décadence si marqué que je lui dois bien quelques réflexions. C'est d'abord le mot Université tombé à rien, à qualifier un endroit où l'on donne des leçons de piano, où l'on conte ces anecdotes historiques qui prennent le titre d'histoire, où des tableaux pittoresques de Paris, quasi cinématographiques, s'appellent sociologie, où cent choses de jeu sont qualifiées d'enseignement, où l'enseignement vrai se dérobe sous la fanfreluche. Rien de plus gentil et qui mérite mieux d'être fréquenté par les jeunes filles et qui peut-être soit mieux à leur mesure, mais rien qui déconsidère plus sûrement le vieux mot d'Université, jadis si grave et si riche. Cette Université enrubannée et les universités populaires, qui n'y ressemblent guère, mais étaient aussi des sortes de parodies, tout cela montre que le vieux nom d'Université n'est plus guère pris au sérieux et c'est assez juste, car on a fini par s'apercevoir que la scission est à peu près absolue entre l'âme française et l'âme universitaire. Chacune chante de son côté. Bien peu d'écrivains d'aujourd'hui et même de philosophes qui aient une culture universitaire. On voit même parmi eux des sortes d'illettrés qui font fort bonne figure dans la corporation. La culture littéraire de la France s'élabore plus que jamais en dehors de l'Université. Et finalement je trouve charmant que ce nom et ce titre soient usurpés par un institut de frivolités. La vieille Université ne peut qu'y gagner : est-ce que d'éminents professeurs ne professent pas aux deux sièges? On s'y méprend. Est-ce la coupe qu'ils enseignent à la Sorbonne, la danse ou l'aquarelle? On le croit quelquefois. Et pour bien des raisons cela n'a aucune importance.

INDULGENCE

Hier, entre quelques amis, nous passions en revue la qualité de pensée de tels ou tels écrivains momentanément célèbres — tout n'est-il pas momentané, même la gloire? — et nous étions un peu étonnés qu'elle fût aussi légère. Je disais peu de chose, soit que je sois devenu plus indulgent, soit que je recherche dorénavant dans les œuvres littéraires des qualités différentes de celles qui enthousiasmaient ma jeunesse. Au fond, je crois que c'est l'indulgence qui dominait. Je l'avoue, tous les livres nouveaux me paraissent égaux ou à peu près. Il en est peu de complètement nuls. Il en est encore moins de tout à fait satisfaisants. Qui n'est pas décidé à l'indulgence ne devrait en ouvrir aucun. Le goût se blase. Il est un moment où toutes les femmes semblent pareilles. De même pour les livres. Et comme on donne la préférence à la femme qui pousse le plus loin l'art de plaire, on choisirait le livre le mieux rempli de bonnes intentions. C'est généralement celui d'un jeune homme. Il est plein des illusions qu'on a connues. Cela attire notre sympathie. Mais les livres de ces gens d'expérience et qui n'ont pas même la valeur de l'expérience, de ces hommes qui ont traversé la plus grande partie de la vie et sur lesquels la vie n'a laissé aucune empreinte, il faut beaucoup de complaisance pour faire semblant de ne pas les mépriser tout à fait. De la complaisance ou de la résignation. Ces remarques n'auraient tout leur sel que si on pouvait y mettre des noms propres, mais nos mœurs s'y opposent. En avouant mon indulgence, j'avoue donc que je participe à la politesse universelle qui est la marque de la lassitude ou de la lâcheté de notre époque. Quand je pense à cela, je me sens plein d'estime pour Boileau Despréaux, mais il faut bien que je me dise que si un Boileau surgissait aujourd'hui, il serait mis au ban de la société littéraire. J'entends un vrai Boileau, non un insulteur sans solidité, un homme qui saurait motiver ses jugements. Que cela nous ferait de bien !

L'ÉPÉE

En lisant ces jours-ci que la corporation des midinettes allait offrir à M. Charpentier, élu à l'Institut, son épée d'académicien, je n'ai pu m'empêcher de rire, une fois de plus, tant le contraste est comique entre l'idée d'académicien et l'idée d'épée à rigole pour le sang. Je ne sais d'ailleurs pas s'il est des épées sans rigoles ? ni si les épées ordinaires des académiciens sont autre chose qu'un fourreau. On leur offre parfois des épées damasquinées, des épées qui traverseraient leur homme de part en part, comme celle de d'Artagnan, mais peut-être que la prudence leur conseille de les déposer dans un placard, pour éviter l'aventure d'Ampère, déjà de l'Institut mais non encore passé à l'état d'unité électrique. Ampère, assistant en uniforme à une soirée, s'était bientôt senti fort embarrassé de cette épée qui lui battait les jambes et il la détacha subrepticement, la posa dans le creux d'un canapé. Cependant tout le monde s'en allait, il ne restait plus qu'Ampère et la maîtresse de maison qui s'était précisément assise sur le canapé où gisait l'épée. Ampère, fort timide, n'osait pas la déranger et la dame soutenait comme elle pouvait une conversation désespérée, luttant entre sa politesse et le désir de mettre à la porte l'Académicien qui, l'œil fixé sur le creux où son épée s'était enfoncée, avait l'air le plus embarrassé et le plus ridicule. Enfin, elle s'endormit et Ampère avança la main. Il sentait l'épée, il allait la récupérer. Encore un effort et il la tenait! Mais l'épée vint toute seule, laissant le fourreau, la dame se réveilla soudain, poussa un cri et des domestiques accourus la trouvèrent épouvantée devant un Académicien, l'épée nue à la main! Cependant, pourquoi une épée aux académiciens? C'est tout simplement que, lorsque les Académies furent fondées, tout le monde, jusqu'aux laquais, portait une épée. A leur réorganisation, comme on repêchait les traditions, on repêcha l'épée. Ce n'était pas encore ridicule, l'uniforme militaire était partout. Aujourd'hui, cela n'a aucun sens, pas même symbolique.

HISTORIETTES

Hier, j'ouvris par hasard un tome de la « Chronique scandaleuse » (qui ne l'est pas plus que les autres mémoires secrets du dix-huitième siècle) et, en ayant parcouru quelques pages, j'y retrouvai quelques-unes des histoires gaies qui ont fait la réputation de tels de nos contemporains, celle-ci, par exemple : « Un officier municipal, chargé de surveiller les concerts, fait un jour venir un musicien et le reprend sur sa négligence : « Vous vous reposez trop souvent, pendant que les autres jouent. Il y a longtemps que je vous observe. — Mais... — Ne faites pas l'insolent. Je vous ai encore vu hier les bras croisés. — Mais je comptais mes pauses... — Qu'est-ce que c'est que ça, compter des pauses, des gaudrioles, peut-être ? — Mais enfin... — Ah ! taisez-vous et sachez qu'on ne vous paie pas pour ne rien faire. » Ou encore : « Les capitouls ont interdit un opéra-comique, comme trop libre. Sur cela, la troupe affiche *Beverley*, pièce en vers libres, de Saurin. — Comment, encore des vers libres, vous vous moquez. » Et ils font fermer le théâtre pour huit jours. Les municipalités de province n'avaient pas une très bonne réputation d'esprit à Paris. On y trouve aussi l'histoire du médecin qui compte à un client les visites amicales qu'il lui a faites, les dîners chez lui, les promenades en sa compagnie, et, ce qu'il y a de curieux, c'est qu'une aventure pareille a été jugée récemment et qu'on disait à ce propos : « Voyez à quoi en sont réduits pour vivre les médecins d'aujourd'hui. » Erreur, c'est une vieille anecdote. Ainsi les hommes n'inventent rien, non seulement dans leurs propos, mais dans leurs vies. Ils sont toujours forcés de lire la même chose, de faire les mêmes choses et il se trouve toujours à point un moraliste pour lever les bras au ciel et trouver là un signe des temps. La bêtise elle-même est imitée. Ah ! c'est bien humiliant !

HISTOIRES DE MÉDECINS

Molière a été presque tendre pour les médecins du grand siècle. Il les a flattés. On s'en aperçoit tous les jours, car il n'en est presque pas où l'on ne découvre, dans quelques archives, de nouvelles preuves de leur malfaisance. Voilà-t-il pas que M. Jovy (le plus intrépide des pascalisants) croit avoir trouvé la preuve qu'ils ont empoisonné Pascal ! Il a eu le courage de dépouiller l'amas de papiers inédits de toute nature que l'on appelle le portefeuille de Vallant. Ce Vallant, fort à la mode en ces temps, fut le médecin de Mme de Sévigné, de plusieurs autres grandes dames et aussi celui de Messieurs de Port-Royal. De là à Pascal il n'y a qu'un pas. Vallant a soigné Pascal et de quelle manière ! Il s'adjoignit un jour Guénault, et voici le début de l'ordonnance qui en résulta : « M. Pascal souffre d'un embarras d'entrailles qui provient d'une humeur mélancolique ; cette humeur, tandis qu'elle fermente, émet des vapeurs qui produisent des symptômes différents suivant la diversité des parties qu'elles atteignent ; elles fermentent parce qu'elles bouillent et cette ébullition provient de la chaleur... » D'où saignées aux quatre membres, *ensuita purgare* avec force séné, crème de tartre et pommes acides. D'autres fois, ce fut du vin émétique et de l'antimoine et c'est l'antimoine que l'on accuse. Déjà au dix-septième siècle, il était fort soupçonné. C'est un problème, dit Boileau, de savoir « combien en un printemps — Guénault et l'antimoine ont fait périr de gens ». Pauvre Pascal ! L'âme empoisonnée par Port-Royal, le corps empoisonné par Guénault, on s'étonne qu'il lui soit resté quelques lueurs de génie. Les dévôts affolaient son esprit, les médecins torturaient ses entrailles, faisaient de ses membres des fontaines de sang ! Quand la mort le délivra de ses bourreaux, son intelligence vacillait, son corps était une loque. Quelle destinée !

UNE DÉCOUVERTE

Un statisticien vient de découvrir qu'il y a plus du tiers des habitants de Paris qui demeurent dans des logements trop étroits, entassés les uns sur les autres, et que cela est très malsain. Les malheureux réduits à vivre dans ces étouffoirs seront les premiers de son avis, mais ils lui feront observer que ce n'est pas tout à fait leur faute et qu'ils préféreraient même posséder un hôtel entre cour et jardin ou même une simple villa dans les environs. Mais au prix où sont les pierres façonnées en maisons, ils sont obligés de se contenter de peu, bien que cela les navre. S'ils sont voués au suicide lent, ils ne l'ont pas choisi. C'est déjà très beau pour un pauvre homme, chargé d'une famille, si peu nombreuse qu'elle soit, d'avoir conquis un tout petit appartement dans une vieille maison et il est de son devoir de s'en consoler en se représentant la vie de ceux qui couchent sous les ponts ou qui sont forcés de s'en remettre aux hospitalités ingénieuses de M. Cochon. Quand on soulève de ces tristes questions, on devrait en tenir la solution dans sa main fermée et l'ouvrir au bon moment, pour en faire jaillir la surprise. Autrement, c'est se jouer de notre sensibilité, car nous n'y pouvons rien. Et même, du train dont montent les loyers, ce ne seront bientôt plus les seuls pauvres qui étoufferont dans des casiers minuscules, ce seront encore les petits employés, les petits retraités, se loger dans un vrai appartement tendant à devenir un luxe qui n'est pas à la portée du premier venu. Je souhaite vivement que les maisons à bon marché dont on parle tant soient un remède à cette misère, mais je n'y compte nullement. Ce sera très beau si les architectes consentent à n'y mettre que tout juste la quantité de faux luxe qui permettra de ne pas y louer plus cher que dans les autres.

TUBERCULOSE

Il n'y eut jamais plus de tuberculose sous toutes les formes que depuis qu'on a imaginé de s'en prémunir par tous les moyens possibles. Un médecin, récemment, nous mettait en garde contre chiens et chats qui peuvent fort bien la transmettre, surtout aux enfants qui jouent intimement avec eux. La vérité est que tout est dangereux et qu'il n'y a rien de plus dangereux que l'exercice même de la vie, mais aussi que moins on pense à ces dangers de tous les instants, et mieux cela vaut. Le microbe de la contagion est partout. Il nous guette à chaque mouvement et il n'y a vraiment qu'un moyen de lui échapper, c'est de tâcher de mettre son organisme en état de résistance constante. On a soutenu que la fièvre typhoïde dont l'agent est également répandu partout s'attaquait principalement aux débilités et que la vraie cause de sa fréquence dans les casernes était beaucoup moins l'eau que l'état de fatigue des jeunes soldats. La médecine est orientée à ne considérer que les germes vivants des maladies, mais le terrain où tombent ces germes ne saurait être indifférent. L'hygiène sociale ne doit pas faire oublier l'hygiène individuelle dont le premier commandement est une saine nourriture. Mais comment recommander cela sans ironie à toutes ces pauvres femmes qui travaillent pour un salaire qui leur permet de déjeuner avec quatre sous de charcuterie et deux sous de cerises ? Nous prenons toutes les questions à rebours et nous sommes très surpris de n'arriver à rien. Si un enfant peut attraper la tuberculose en jouant avec un chien, il peut tout aussi bien l'attraper en jouant à l'école avec un camarade ou en ne jouant pas, en s'asseyant seulement à sa place sur son banc. Il faudrait ne pas vivre. C'est bien cela. Ce serait même le seul moyen de ne pas mourir.

GRÈVE DU PAIN

J'ai une grande sympathie pour ces gens qui travaillent la nuit, pendant que je me repose, qui peinent pour que j'aie à mon réveil un tas de petites satisfactions quotidiennes, sans lesquelles ma vie serait gâtée. et quand je pense à eux, c'est toujours avec reconnaissance. Le boulanger est au premier rang de ceux-là. Je voudrais que les bourgeois songeassent, comme je le fais, à tous ces malheureux qui passent des nuits blanches sur les chemins ou dans des caves pour augmenter les agréments de leur existence. Le travail de nuit du boulanger est le plus connu, étant le plus sensible et le plus pittoresque. On le voit, par les soupiraux. dès dix heures du soir travailler la pâte et la disposer dans des corbeilles. Il n'est donc pas besoin d'être noctambule pour apprécier son labeur. D'autres métiers sont plus secrets ou ne sont observés que par de rares personnes. La lettre qui vous surprend le matin a voyagé ou a été surveillée toute la nuit. Le journal qu'on vous apporte en même temps a tenu debout jusqu'à l'aurore toutes sortes d'employés et d'ouvriers. Le lait, les légumes que vous allez manger se sont mis en route comme vous vous couchiez, ainsi que les fleurs qui vont vous réjouir, et si ces choses viennent de plus loin que les environs de Paris, assez souvent il faut qu'à leur arrivée très matinale il se trouve des hommes pour les recevoir et les distribuer. Le travail humain le plus essentiel à la vie même se fait en grande partie la nuit. Avouez qu'il devrait être mieux rétribué que le travail de jour qui est plus aisé, plus conforme à la physiologie. Or, c'est souvent le contraire. Et tel est notre égoïsme que nous en jouissons la plupart du temps sans y faire attention. Une grève du pain, et plus complète que celle-ci, serait très salutaire, non seulement pour les mitrons, mais pour toutes les sensibilités endormies.

LE PAIN BLANC

De temps en temps, des gens difficiles trouvent que le pain blanc est trop blanc, que c'est mauvais signe, que cette couleur est suspecte et dénote un lymphatisme étrange. Pour un peu, ils voudraient que le pain fût fabriqué avec ce que l'on ôte du blé pour le transformer en blanche farine, avec le son que l'on destine généralement aux cochons. Ah ! si nous étions, disent-ils, nourris comme les petits cochons, nous serions roses comme eux, et forts, et gras, et dispos ! Il y a déjà quelques années qu'on nous chante cette antienne, si bien que l'on vit, durant quelque temps, régner la mode du pain complet. Pour satisfaire leur clientèle, comme on ne trouve pas dans le commerce de « farine complète », les boulangers faisaient de leur mieux pour obtenir du pain gris. Les amateurs ne le trouvaient jamais assez gris : « Ce pain, disaient-ils, est incomplet. » Ah ! comme les têtes tournent ! On peut, en effet, se rappeler avec quel enthousiasme avait été accueilli ce pain ultra-blanc que permettaient les minoteries perfectionnées, les cylindres d'acier ! Et ce pain ultra-blanc était mis à la disposition du peuple, des pauvres même, au même prix que l'ancien pain grisâtre. Quel progrès ! Une ère nouvelle vraiment s'ouvrait pour les hommes ! Puis le vent a viré. Finalement on s'est aperçu que ce progrès trop visible, oui vraiment trop éclatant, était une pure illusion et qu'il n'y a aucun rapport nutritif ni même savoureux, bien au contraire, entre le pain et la blancheur. Le progrès, c'est de revenir au pain d'autrefois, fait avec de la farine sans éclat, mais solide, qui est produite par les vieux moulins dont les roues tournent dans l'eau ou les ailes, dans l'air. Je n'ai mangé de vrai pain que dans les pays qui passaient pour arriérés, la Hague, la Bretagne.

VIVISECTION

Il y a une revue qui a pour titre « L'Anti-vivisection ». On m'en a envoyé un fascicule, peut-être pour me faire réfléchir sur ces questions, peut-être au petit bonheur, en espérant trouver un adhérent aux idées représentées par la ligue du même nom et la revue qui semble la représenter. On a réussi dans la première hypothèse, mais moins je lis de bulletins de ce genre, plus je suis disposé à la sympathie pour leur idée totale. J'aime les animaux, je sympathise peut-être plus avec leurs yeux qu'avec les yeux humains ; ils sont plus limpides, plus doux et quelquefois plus intelligents. Je ne me représente pas sans angoisse un chien ou un chat que l'on torture et je n'aime pas à m'arrêter à une telle pensée. Mais si j'ai de la sensibilité, je me crois doué d'assez de raison et je rougirais vraiment de m'indigner de ce que le docteur Carrel a sacrifié quelques animaux à ses expériences de greffe animale. Et ces pauvres singes auxquels on a inoculé la syphilis? Et ces petits cobayes aux yeux roses auxquels on a fait toutes sortes de misères? N'a-t-on pas eu la barbarie d'implanter le cancer sur de jolies petites souris? Si on pouvait trouver à ce prix-là la guérison du cancer de l'homme, celui qui s'opposerait à de telles expériences ne serait-il pas un ennemi de l'humanité? C'est grâce aux vivisections de Claude Bernard, quoi qu'en dise la revue, qu'on sait ce que c'est que le diabète et qu'on peut le soigner efficacement. Tout ce que l'on doit demander aux opérateurs, c'est de ne pas faire souffrir inutilement, bêtement les animaux qu'ils soumettent à leurs expériences, et je déteste, autant que les rédacteurs même de la revue, les amateurs imbéciles qui ouvrent un animal vivant pour voir ce qu'il y a dedans. Mais je crois aussi que la plupart des vivisecteurs de profession sont des gens qui obéissent à la nécessité de leur métier et qui ne sont curieux qu'au nom de la science et de l'humanité.

Les abus, non la pratique de la vivisection, sont condamnables. Il y en a certainement, mais je ne croirai jamais que l'Institut Pasteur coupe des bêtes en morceaux pour rien, pour le plaisir. On voit que je ne touche même pas à la grande question : les animaux ont-ils conscience de leur douleur ? Elle est insoluble. Il faut accepter les apparences.

LES GUÉRISSEURS

Une femme guérissait les malades par des moyens innocents et mystiques, l'imposition des mains et de bonnes paroles. Cela ne doit pas réussir avec tout le monde, mais cela peut très bien donner des résultats momentanés quand on a affaire à des êtres nerveux, hystériques, crédules, à des simples un peu détraqués. Quoi qu'il en soit, un syndicat de médecins dénonça cette femme pour exercice illégal de la médecine et après plusieurs jugements favorables ou défavorables, la Cour d'appel vient de l'acquitter définitivement et, par conséquent, lui rendre la liberté d'imposer les mains tant qu'elle voudra. Les magistrats ont jugé que ce n'était pas là proprement l'exercice de la médecine. Notez qu'elle n'ordonne jamais de médicaments, qu'elle ne touche jamais les malades, qu'elle n'agit que par des gestes, d'où elle croit qu'il émane un fluide. Et si le fluide existe, il s'est montré bienfaisant ; s'il n'existe pas, il ne saurait nuire. C'est fort bien jugé. D'ailleurs pour moi, j'irais beaucoup plus loin dans ces principes de liberté et je ne verrais nul inconvénient à ce que fût proclamée la liberté de la médecine. A bien réfléchir, le privilège des médecins est extraordinaire. Il ne se comprendrait pas, la médecine fût-elle une science exacte. S'il a survécu aux autres privilèges abolis par la Révolution, c'est par suite d'un préjugé plus fort que les principes mêmes. La valeur d'un homme dans un métier se juge par les résultats. Le diplôme est une possibilité, non une preuve de capacité. Ce sera, si vous voulez, un commencement de preuve, mais non la preuve définitive, qui est la guérison même. Il se peut que la méthode positive convienne à la majorité des hommes, mais il se peut aussi qu'à certaines natures convienne mieux la méthode mystique. Il y avait dans les temples des dieux guérisseurs en Grèce des montagnes de béquilles ; il y en a dans les mosquées et dans les marabouts. Toute émotion prévue ou imprévue peut guérir certains états nerveux sous la dépendance desquels évoluent certaines maladies ou du moins certains maux. Un médecin guérit ou améliore souvent l'état d'un malade par la confiance qu'il inspire plus que par les remèdes qu'il prescrit. Pourquoi empêcher un malade d'aller vers la source où il a mis sa foi ? Ceci n'attaque pas les diplômes, mais comment un diplômé ose-t-il se plaindre qu'un non-diplômé fasse mieux que lui ?

LE RÉGIME

Que peut bien manger un homme condamné pour quelque temps à éviter tout aliment salé ? Nous cherchions cela l'autre jour et nous ne trouvions rien en dehors du chocolat et des différentes sucreries qui ne peuvent former un menu appétissant que pour les enfants gourmands. Encore qui pourrait affirmer que l'amande du cacaoyer est pure de tout sel ? Y a-t-il des aliments sans sel, même parmi les végétaux ? La vie sans sel est-elle possible ? Il semble que non, et la recherche d'un régime sans sel serait une chimère. Son premier élément est toujours le lait, mais le lait, qui est un produit animal, contient évidemment des traces de sel. Il en est de même des œufs. Les plus fades végétaux doivent contenir du sel, et l'herbe des champs elle-même est assez salée pour transmettre sa salure aux animaux qui ne vivent que d'herbe et dont la chair, pourtant, et le sang ont un degré élevé de concentration saline, et un degré constant d'ailleurs. On se demande donc si les herbivores se contentent de puiser dans les végétaux les traces de sel qu'ils contiennent, ou s'ils ne se trouvent pas, par le fait même qu'ils sont des vertébrés, doués du pouvoir de fabriquer le sel nécessaire à leur vie. Il en résulterait, pour les humains, la parfaite inanité des régimes salés ou dessalés, puisque ce serait l'organisme qui fabriquerait son sel, s'il n'en reçoit pas, de même qu'il le rejette s'il en reçoit trop. Le sang d'un végétarien et le sang d'un marin nourri de viande salée contiendront parfaitement la même teneur en sel, et ceci n'est pas sans faire réfléchir. Pourtant, il est très possible que les régimes viennent précisément au secours de l'organisme en lui épargnant la moitié de la besogne. Puis, dites-vous que vous êtes un sujet d'expérience et que si vous mourez de faim, c'est pour la science. Quel réconfort !

LE VIN

S'étant mise à substituer aveuglément le raisonnement à l'expérience, la médecine moderne décréta contre le vin. Inutilement l'exemple des siècles protestait. De tout temps les races européennes, et surtout depuis l'extension du catholicisme qui en a fait un de ses fondements, ont bu du vin, s'y sont peu à peu habituées, l'ont incorporé à leurs mœurs. Et là où la vigne ne pousse pas, de tout temps aussi les hommes s'étaient créé diverses boissons alcooliques, cidre, bière, d'autres encore, et tout cela était considéré comme un bienfait quotidien. Il semble, si ces boissons furent, à un certain moment, jugées dangereuses par leur abus, qu'on aurait dû tout au moins tenir compte de l'habitude qu'en avaient les hommes. La pratique même de la médecine ne montrait-elle pas qu'il est dangereux de supprimer tout d'un coup une mauvaise habitude, fût-ce l'alcool pur, fût-ce le tabac, et même l'éther ou l'opium ? Les médecins ne comprirent pas ce mécanisme physiologique et persuadèrent à beaucoup de leurs clients de ne boire que de l'eau : les cas d'appendicite se multiplièrent. Ce n'est que tout récemment que l'on découvrit qu'il pouvait y avoir une relation entre ce régime trop bénin et l'extension de ce mal. La médecine commence à céder et n'est pas très éloignée de croire maintenant à l'utilité des boissons alcooliques prises à dose modérée et, par dessus tout, du vin. Dans quelques siècles, cette campagne contre le vin, partie d'un pays qui est la région par excellence de la vigne, paraîtra inimaginable, mais on en trouvera peut-être la cause dans le phylloxera et les fraudes qui s'ensuivirent. Les ennemis du vin auront confondu avec le jus de la vigne des mixtures horrifiques où il entrait jusqu'à des teintures, jusqu'à de l'acide sulfurique.

LE RHUME

Le rhume est un état où on ne peut ni parler, ni lire, ni écrire, ni penser à autre chose qu'au mal ridicule qui nous étreint. La grande distraction de l'homme enrhumé est d'abord de rechercher dans ses souvenirs, épais comme le brouillard, la cause de son rhume. Il ne la trouve jamais avec certitude.

Il semble qu'on n'ait rien à se reprocher et pourtant le mal est venu. Il est là. On le sent grandir avec épouvante. Mais les souvenirs s'épaississent encore, et il ne nous reste de conscience que pour courir après une respiration qui menace de s'échapper tout à fait. Le rhume est un mal ridicule, mais aussi un mal affreux. Il est probable que s'il durait plus de vingt-quatre heures à l'état aigu, il serait classé parmi les tortures. Mais si ce n'était pas une torture, ce serait encore une humiliation, car ses manifestations extérieures rendent l'homme grotesque. Le rhume vous retranche de l'humanité. D'ailleurs, maintenant que l'on voit la contagion partout, on s'écarte volontiers de l'homme enrhumé. Mais si le rhume se transmet par contact, rien n'est plus capricieux. S'il y a un microbe de la chose, ce qui est possible après tout, c'est un microbe fantasque, qui se développe dans les courants d'air, dans les souliers humides et de là saute subrepticement dans les fosses nasales. Je ne pense pas que l'on ait même tenté un commencement d'explication de la relation qui existe entre la plante des pieds et le siège du sens olfactif. C'est un des mystères de la physiologie humaine et l'un des plus désagréables. Mon état ne me permet pas de creuser davantage la question, mais il m'impose de la soumettre aux physiologistes. Il me reste tout juste assez de lucidité pour envoyer chercher chez le pharmacien des drogues inutiles, mais dont l'essai me fera toujours passer le temps.

LE SURSIS

C'est un jeu auquel on se livre beaucoup en ce moment dans la presse et sans doute dans les salons, où l'on ne sait quoi faire. En voici le thème, qui a été fourni par une pièce de théâtre : « Si l'on vous annonçait, mais péremptoirement, que vous n'avez plus que cinq ou six ans à vivre, que feriez-vous, comment prendriez-vous la chose ? » N'insistons pas sur ce que la proposition a d'irréel. Il n'est donné à personne d'en condamner une autre à la mort différée. On ne voit ce mot que sur les prospectus des compagnies d'assurances et encore dans un tout autre sens. Jamais un médecin qui n'est pas fou n'affectera une telle assurance de diagnostic, d'abord parce qu'il ne la possède pas, ensuite parce que, la possédant, il se gardera bien d'en faire usage. Et encore, nul malade ne le croirait, s'il prononçait une telle condamnation. C'est contraire à la psychologie humaine. La vie n'est possible que greffée sur une certaine espérance, si indécise qu'elle soit et si précaire. Le philosophe même, qui ne croit pas à l'avenir et qui se sait parfaitement dans la main du destin, se sentirait mal à l'aise si sa fin, dont il ne doute pas qu'elle viendra à l'improviste, lui était marquée avec tant de certitude. Ceux même qui n'aiment pas les projets et qui sourient à qui leur demande ce qu'ils feront l'an prochain, n'obéissent qu'à un état d'esprit assez vague, à une tendance de caractère. Ce sont des douteux, ce ne sont pas des condamnés. Quant à la fable dramatique, elle n'est pas sensée. Quand la science donne six ans de vie à une jeune tuberculeuse, c'est comme si elle lui donnait l'avenir, car six ans contiennent toutes les possibilités.

SUR LA LOGIQUE

Il y a vraiment peu d'esprits capables de pousser jusqu'au bout la logique de leurs déductions, même dans le domaine scientifique. Ainsi je viens de lire un excellent livre sur les « concepts fondamentaux de la science » du philosophe, italien malgré son nom, Federigo Enriques. Tant qu'il reste dans la science pure, ses principes sont solides, mais il a voulu aborder la psychologie et aussitôt le philosophe a déraillé, s'engageant dans une dissertation qui tend à prouver que « la thèse de la liberté de notre volonté ne contredit pas le déterminisme ». Voilà encore un savant qui a été ébloui par la morale et qui s'est demandé avec anxiété ce qu'elle deviendrait si on soumettait la volonté au déterminisme des motifs. Alors il se trouve entraîné par la puissance du préjugé à confondre la liberté avec l'imprévisible. On ne sait pas, dit-il, en substance, de quel côté la girouette va tourner ; donc elle est libre. Représentons-nous un monsieur jeune, riche, de très bonne santé, devant la carte très variée d'un grand restaurant. Pour lui, pour nous, qui l'observons, il semble libre d'ordonner son menu. Mais dans le fait, cette liberté est strictement commandée par ses goûts, ses curiosités, la capacité de son appétit. Nous sommes dans une situation analogue devant les actes possibles de la vie. Nous croyons les choisir et ils nous sont imposés à notre insu par les actes antérieurs que nous avons accomplis ou dont les conséquences nous ont touché. La seconde avant d'agir, quelquefois nous ne savons pas comment nous allons agir, mais notre inconscient le sait pour nous. La preuve de la non-liberté de la volonté est dans l'existence même des personnalités, des caractères. Si nous étions libres, nous n'aurions ni personnalité, ni caractère, nous tournerions au hasard. Il nous reste cependant une liberté ; nous sommes libres d'inventer des motifs, libres de colorer à notre gré les actes où la nécessité nous incline. Et cela suffit pour nous donner l'illusion de la volonté libre. Mais cela même est une manière de parler qu'il ne faudrait pas analyser de trop près.

CHRISTOPHE COLOMB

On a découvert successivement que l'inventeur de l'Amérique était italien, espagnol. Le voilà maintenant corse, comme Napoléon, et, par la plus étonnante des prestidigitations historiques, français, toujours comme Napoléon. Colomb serait né à Calvi. Or, la ville de Calvi se donna, en 1459, au « Sérénissime Seigneur le Roi de France » : donc, quand il découvrit l'Amérique, il était sujet français. Est-ce la vraie raison ? Admettons que Colomb soit né à Calvi et faisons abstraction de cette donation à la

France, qui n'eut pas grande conséquence, il n'en serait pas moins français, puisque la Corse est devenue dans la suite des temps un département français. C'est là le vrai raisonnement, et il me plaît. Grâce à lui, on peut démontrer qu'Homère et Jésus furent des célébrités turques et Bouddha une personnalité anglaise. Au moins c'est amusant. Que ces questions de nationalités sont donc mal comprises ! Cela n'a vraiment de valeur qu'au point de vue de l'impôt et de la judicature. Ce qui importe, c'est la race, qu'un transfert de propriété ne saurait changer. Si l'histoire était une chose sérieuse et scientifiquement comprise, on dirait que Napoléon était corse, et on ne dirait jamais qu'il était français, car la race corse a complètement évolué en dehors de la race française. Il ne serait pas plus légitime de l'appeler italien, car la Corse a de même évolué tout à fait séparément des diverses républiques ou principautés italiennes. Il est certain que cette conception des races, opposée à la conception des nationalités, mettrait beaucoup de trouble dans les esprits et dans les manuels historiques... Mais je m'aperçois que, résumée en trente ou quarante lignes, la question est difficile à faire comprendre. Moins peut-être que « l'origine française » d'un homme né en Corse au XVIe siècle.

PROVINCES

Les départements n'ont jamais eu qu'une vie officielle et administrative. Ils ne sont guère entrés dans la conversation, et ce qui a le plus contribué à les maintenir en dehors de l'usage, c'est peut-être que les chemins de fer ont ignoré leur existence. Comme ils s'étendent nécessairement sur tout un groupe de départements, ils ont adopté soit les noms plus vastes des anciennes provinces, soit les noms de régions. L'État, lui-même, est bien obligé de diviser ses lignes en lignes de Normandie, de Bretagne et du Sud-Ouest. Partout, c'est de même : il y a deux voies pour aller dans le Midi, la Bourgogne et le Bourbonnais.

L'amour assez nouveau des paysages a également redonné l'existence aux anciennes provinces. Il y a les paysages du Berry et les paysages de Provence, ceux du Dauphiné, de la Champagne ou du Limousin, récemment découverts. Au point de vue esthétique, du moins, le département n'est qu'une petite division du territoire français. Cela tient aussi à ce que beaucoup de noms de départements sont très mauvais : Seine-Inférieure, Tarn-et-Garonne, Haute-Vienne, etc. Puis, franchement, même du point de vue administratif, le département est devenu trop petit. Mais laissons cela. Plusieurs provinces aussi étaient très petites et d'autres, immenses, étaient sans aucune cohésion. Il est certain qu'on ne rétablira jamais les provinces dans leur état ancien. D'ailleurs, qu'était en dernier lieu l'Ile-de-France ? On n'en sait rien. Un nom, peut-être, et moins en usage qu'aujourd'hui. Est-il possible de reconstituer la Normandie ? Il n'y a aucun rapport d'intérêts entre la région de Rouen et la région de Coutances, qui se rattacherait plus volontiers à celle de Rennes. Mais quel inconvénient à ce que les deux catégories de noms soient conservées ? Les uns et les autres répondent à des besoins différents. Si on réforme les divisions préfectorales, les anciennes provinces ne seront certainement pas un modèle à suivre. Ce ne sont plus que des divisions géographiques et esthétiques.

LE LIMOUSIN

Ce fut, au grand siècle, un pays ridicule et, de plus, un lieu d'exil. Un sieur Jannart, ami de Fouquet et parent de La Fontaine, ayant été prié de se retirer à Limoges, le poète l'y suivit. Plusieurs de ses lettres à Mlle de La Fontaine sont datées de cette ville ; il en goûte surtout la table et la bonne compagnie, dont il loue les mérites. On y voit cependant que la connaissance du français cessait vers Bellac : plus loin, le paysan ne parle que son patois. On croyait fermement, dans le reste de la France, que le

Limousin était un pays de rustres, quasi de sauvages, et ce nom seul suffisait à faire rire. M. de Pourceaugnac est « gentilhomme limosin », et cela tout d'abord égayait le parterre. Molière, ayant à plaire au public, devait feindre de partager ses préjugés. La Fontaine ne les partage point, mais il les connaît : « N'allez pas, dit-il, vous figurer que le reste du diocèse soit malheureux et disgracié du ciel comme on se le figure dans nos provinces. Je vous donne les gens de Limoges pour aussi fins et aussi polis que peuple de France. » Cependant il les trouve un peu complimenteurs et ils ne lui plaisent point. Le préjugé contre cette province et ses habitants dura longtemps. Encore au siècle dernier on ne voulait les connaître que d'après les maçons qui en étaient presque tous originaires. Auvergnats, Savoyards, Bretons et Limousins passèrent longtemps pour des types peu recommandables, gros paysans sales, mangeurs de soupe, avares et retors. Puis on vit peu à peu qu'ils ressemblaient à tous les autres paysans et qu'ils avaient leurs mérites.

Comme pays, le Limousin est encore un des moins connus, bien qu'il soit l'un des plus pittoresques. Mais son tour est enfin venu de connaître la mode, de recevoir et peut être de garder les visiteurs. Étant le dernier découvert, il est certainement le moins gâté. Touristes, profitez de cette virginité.

LA SAVOIE

Il est bien curieux, ce nouveau guide en Savoie que vient de publier M. van Gennep, au nom si peu savoyard, mais qui n'en a pas moins de multiples raisons pour aimer ce pays, qu'il connaît mieux que quiconque. Guide n'est pas le mot. C'est plutôt une monographie pittoresque, quoique, si j'allais là-bas, je l'emporterais sans doute avec moi plus volontiers que tels ou tels guides proprement dits, car avec lui, j'emporterais l'âme même de la Savoie. Histoire, géographie, contes, légendeset traditions, il résume tout cela dans une manière sûre et agréable aussi. On y apprend que, comme toutes les autres provinces curieuses de France ou des entours, la Savoie fut découverte par les Anglais. Ce sont eux qui les premiers contemplèrent ses montagnes avec un regard désintéressé, avec l'espoir d'y trouver une émotion. Cela remonte au XVIIe siècle, à l'heure où les Français qui auraient pu partager de tels sentiments se contentaient de voyager de Paris à Fontainebleau, en carrosse mal suspendu. Un Anglais parcourait alors l'Europe « à cheval, en charrette, en bateau, en chaise à porteurs, mais surtout à pieds ». Plus tard il se lança à travers l'Orient mais si c'était encore assez hardi, ce l'était peut-être moins que d'explorer la Savoie. Il faut retenir son nom, c'était un certain Thomas Coryat. Sa relation n'a pas encore été entièrement traduite. Avant lui, le Vénitien Morosini a dit quelque chose de la Savoie, mais Morosini n'a aucun sens du pittoresque. Il l'a beaucoup moins que l'historien latin Ammien Marcellin, qui donne du paysage alpestre un tableau assez saisissant et parle romantiquement de l'horreur des neiges éternelles. Trois Italiens du XVIIe siècle connurent aussi la Savoie, qui les étonna. Après eux, il n'en est plus guère question jusqu'à Jean-Jacques et à son aventure des Charmettes. On sait que la Savoie existe, on la traverse mais on ferme sans doute les yeux à ce moment, on ne la voit pas. Le livre de M. van Gennep me l'a montrée. Avant lui je ne la connaissais guère.

VOYAGE EN FRANCE

J'espère que les délégués du tourisme, qui vont se réunir, sauront trouver un rôle et une place d'honneur pour notre grand touriste, pour Ardouin-Dumazet, qui a parcouru, et souvent à pied, le bâton à la main, la France entière, et qui a rédigé ses observations en cinquante-cinq ou soixante volumes, car l'œuvre continue. Ayant tout vu, il trouve sans cesse à revoir et peut à peine consentir à se déclarer satisfait d'une œuvre que tout le monde juge admirable et unique. Il avait déjà rédigé un « Voyage en France » fort complet, mais des changements économiques considérables s'étaient produits. Il reprit son bâton et recommença le pélerinage. Il avait réservé cette révision à son fils, mais la mort le lui prit, il y a quelques années, et il se mit seul courageusement à la tâche. Cette œuvre est d'une telle nature, si précise et si pénétrante, qu'elle instruit même les vieux provinciaux, passionnés de leur pays, et qu'elle leur révèle des aspects nouveaux de la région où ils vivent et d'où ils n'ont jamais détourné les yeux. Il sait allier l'exactitude au pittoresque et, véridique comme une enquête économique, il a des enthousiasmes de paysagiste devant les aspects variés qui se sont successivement offerts à ses explorations patientes et réfléchies. Peu de personnes, peut-être, ont lu d'un bout à l'autre ces soixante volumes, mais il n'est, non plus, de curieux qui n'en ait voulu connaître quelques-uns, ceux qui concernent sa province natale, la région de ses souvenirs d'enfance. C'est dire que partout Ardouin-Dumazet a des admirateurs et des fidèles. Les touristes assemblés trouveront certainement moyen, j'en suis sûr, d'honorer ce grand touriste, ce grand découvreur de son pays.

LE TOURISTE

M. Fallières a innocemment confié à un journaliste, qui l'a répété sans malice : « Au cours de mes voyages présidentiels en chemin de fer, j'ai aperçu la France. Notre pays est si beau qu'il m'a pris un ardent désir de le connaître. Libre, je voyagerai un peu. » Quelle belle occasion de sarcasme pour ceux qui aiment se répandre en sarcasmes. Et l'un d'eux est bien vite allé déterrer ce mot de M. Jules Lemaître, devenu courtisan : « Le duc d'Orléans connaît l'Europe comme un bourgeois sa ville. » On ne lui reprochera pas de ne pas connaître aussi bien la France, ce n'est pas sa faute, mais cela ne rend pas plus émouvant le mot de M. Jules Lemaître. Connaître un pays en touriste, ou le connaître au point de vue administratif, agricole ou politique, ce n'est pas tout à fait la même chose. On peut fort bien gouverner ou présider un pays dont on connaît médiocrement les beautés naturelles. Quant à moi, j'admire plutôt la verdeur de cet homme qui, à soixante-dix ans passés, semble vouer ses derniers ans au laborieux métier de touriste. Tous les jours, en wagon ou en automobile ; tous les jours, un lit nouveau et une table nouvelle ; tous les jours, des impressions différentes qui, n'ayant pas eu le temps de se classer dans la mémoire, y restent superposées dans une extrême confusion. Où donc ai-je vu cette cathédrale où il y a de si curieux effets de lumière dans les vitraux ? Était-ce dans le Nord ou dans le Midi ? On ne sait plus. Et ces arbres centenaires, était-ce des hêtres où des chênes ? Et ce paysage de montagne, Alpes ou Pyrénées ? On peut dire de la terre, de la France même, ce qu'on a dit de l'art. La France est vaste et la vie est brève. Une province aussi est vaste à qui la veut bien connaître, et une ville aussi et aussi un canton. Qui connaît la propre chambre où il vit ? Goncourt ne trouva-t-il pas muet un monsieur à qui il demanda : « Quelle est la couleur du papier de votre chambre à coucher ? » Mais il est bon de rêver aux choses qu'on ne verra jamais.

LE FEUILLAGE AU THÉATRE

Nous sommes habitués maintenant aux feuillages follement agités du cinéma et le feuillage rigide du théâtre nous semble encore moins naturel. Je faisais cette remarque à l'un des décors de *Faust*, extrêmement agréable, d'une valeur de tableau, mais, comme un tableau, donnant la sensation d'être en dehors du mouvement. Il y a là une contradiction qui nous est plus sensible que jamais entre la nature agitée du premier plan et la nature figée des lointains, pas assez lointains pour qu'il fût admissible d'y voir les choses légères dans une telle immobilité. Mais, il faut en prendre son parti. Tout perfectionnement dans la mise en scène ne fera qu'accentuer son côté artificiel et plus un décor approchera en de certains points de la vérité et de la perspective, plus il s'en éloignera par certains autres. On arrivera sans doute à des concordances précises du cinéma et du phonographe qui donneront des représentations parfaites pour l'ouïe comme pour la vue, mais peut-être que cela ne sera plus de l'art. Les combinaisons mécaniques peuvent devenir d'un réalisme absolu et satisfaire moins le sens esthétique qu'un certain désaccord entre les deux éléments spectaculaire et auditif. D'ailleurs, c'est là un point secondaire. Il était bien plus intéressant pour moi de remarquer combien le côté mélodrame de la vieille tragédie romantique et éternelle empoignait le public, plus sensible au malheur de Marguerite qu'à la fantasmagorie métaphysique où elle n'est en réalité qu'un accessoire. Il faut convenir qu'il a raison et qu'il n'y a que cela de bon dans le « premier *Faust* ». L'humain ne se démode pas. Il n'en est pas de même du surhumain.

LE NÔTRE

Un jeune écrivain qui connaît à merveille le dix-septième siècle, M. Emile Magne, contestait l'autre jour l'originalité de Le Nôtre. Des gravures du temps de Louis XIII présentent déjà des jardins fort analogues aux siens. C'est bien possible. Il y eut des tragédies avant Racine et avant Corneille, mais personne, ni même M. Magne, ne conteste sans doute le mérite particulier de ces deux poètes. Ils n'inventèrent peut-être rien, mais ils firent mieux que d'inventer. Le génie invente rarement : il perfectionne. C'est du moins ce que l'on ne peut enlever à Le Nôtre. Encore qu'à ses jardins trop bien dessinés je préfère un bois embroussaillé, je reconnais volontiers que les géométriques conceptions de Le Nôtre se marient admirablement avec les majestueuses architectures. Elles les soutiennent, elles les font valoir, leur servent de transition avec la nature. On sait que M. Corpechot appelle cela les jardins de l'intelligence. Le mot est heureux, mais la question est précisément de savoir si le sentiment n'a pas le droit, lui aussi, de prendre ses ébats dans un jardin et d'y venir rêver. Le jardin n'est-il pas plutôt un lieu où l'on se promène, où l'on se repose, qu'un lieu que l'on vienne admirer et dont on veuille comprendre la belle ordonnance. Mais est-il nécessaire, même pour satisfaire l'esprit au détriment des sens, que les charmilles y soient taillées en toupies ou disposées en labyrinthe ? Ces jeux me gâtent, non pas le parc de Versailles qui est vaste et qui contient aussi de vrais arbres, mais l'idée qu'ils m'imposent de Le Nôtre et de ses contemporains. Cette manière de dominer la nature est bien factice et n'a même pas l'excuse de l'utilité que peuvent présenter les espaliers en arête de poisson ou les cordons de pommiers nains. Peut-être que pour comprendre la nature, il faut d'abord en respecter les formes. Mais on a bien le droit de ne pas reprocher à Le Nôtre son mauvais goût, qui, au fond, ne fut peut-être que de la bonhomie.

FIN

TABLE

CE CAHIER, LE HUITIÈME DE LA PREMIÈRE SÉRIE, A ÉTÉ ACHEVÉ D'IMPRIMER LE 15 OCTOBRE 1925, PAR PROTAT FRÈRES, A MACON. OUTRE LES 1.500 EXEMPLAIRES MIS DANS LE COMMERCE, IL A ÉTÉ TIRÉ CXVI EXEMPLAIRES, DONT X SUR VERGÉ D'ARCHES, VI SUR PAPIER DE MADAGASCAR ET C SUR VÉLIN D'ALFA, NUMÉROTÉS DE I A CXVI, ET DITS DE PRESSE.

ONT DÉJA PARU DANS CETTE PREMIÈRE SÉRIE : DÉLIBÉRATIONS, PAR GEORGES DUHAMEL. — LA TABLE QUI PARLE, PAR STÉPHANE LAUZANNE. — ÉRASME ET L'ITALIE, PAR PIERRE DE NOLHAC. — LES PLAISIRS D'HIER, PAR JEAN-LOUIS VAUDOYER. — DE L'ESPAGNE, PAR CLAUDE TILLIER. — DE LA SINCÉRITÉ ENVERS SOI-MÊME, PAR JACQUES RIVIÈRE. — HISTOIRES MORALES, PAR ÉMILE HENRIOT.

www.ingramcontent.com/pod-product-compliance
Ingram Content Group UK Ltd.
Pitfield, Milton Keynes, MK11 3LW, UK
UKHW020321180726
13839UKWH00002B/515

9 782329 561059